.

福建省财政厅"福建工程学院汉语言文学研究中心"资助项目成果

福建省社科研究基地 · 地方文献整理研究中心 重大项目成果

# 刘克庄小品

〔宋〕刘克庄 撰

鹿苗苗 编著

九 州 出 版 社 | 全国百佳图书出版单位
JIUZHOUPRESS

图书在版编目（CIP）数据

刘克庄小品 / （宋）刘克庄撰 ；鹿苗苗编著. -- 北京 ：九州出版社，2020.12
　　ISBN 978-7-5108-9823-5

　　Ⅰ．①刘… Ⅱ．①刘… ②鹿… Ⅲ.①中国文学－古曲文学－作品综合集－南宋 Ⅳ.①I214.422

中国版本图书馆CIP数据核字(2020)第224942号

## 刘克庄小品

| | |
|---|---|
| 作　　者 | （宋）刘克庄　撰　鹿苗苗　编著 |
| 责任编辑 | 古秋建 |
| 出版发行 | 九州出版社 |
| 地　　址 | 北京市西城区阜外大街甲 35 号（100037） |
| 发行电话 | （010）68992190/3/5/6 |
| 网　　址 | www.jiuzhoupress.com |
| 电子信箱 | jiuzhou@jiuzhoupress.com |
| 印　　刷 | 三河市九洲财鑫印刷有限公司 |
| 开　　本 | 880 毫米×1230 毫米　32 开 |
| 印　　张 | 8.25 |
| 字　　数 | 210 千字 |
| 版　　次 | 2021 年 6 月第 1 版 |
| 印　　次 | 2021 年 6 月第 1 次印刷 |
| 书　　号 | ISBN 978-7-5108-9823-5 |
| 定　　价 | 56.00 元 |

# 苍霞总序

　　苍霞者，苍霞精舍之谓也。1896 年，著名闽绅陈宝琛、林纾、孙葆瑨、力钧、陈碧等人在福州创办了苍霞精舍。此学堂创办伊始，就不是一间旧式的私塾，而是一所设置了西学的学校。后历经更名、拆分与重组，1938 年改为福建省立高级工业职业学校。几经辗转之后，才成为今天的福建工程学院。

　　苍霞精舍的创办人，都是清末民初蜚声海内外的文化学者。其中，林纾就是十九世纪至二十世纪之交的一位有影响的文化人，其翻译小说在全国范围内产生了深刻的影响。尽管林纾在五四新文化运动中的表现为后人所诟病，但全面审视其人生之后，其人格风骨、家国情怀、艺术造诣等仍令我们感佩莫名。再如"末代帝师"陈宝琛，有着以天下为己任的强烈意识，曾因直言敢谏而名动京师，并被誉为"清流四谏"之一。作为"帝师"，他数次奔赴东北，力劝溥仪不可充当日本傀儡。虽终未成功，但保持了其一生的爱国名节；作为"同光体"闽派著名诗人，他写下了不少反帝爱国、关心民瘼、以开放视野融通中外的优秀诗作，其诗作充分表明他是一位能追随时代进步潮流、关心国家命运、坚持民族正义、主张御侮图强的爱国诗人。此外，苍霞精舍的创办人还有一个共同的特点，那就是热心教育事业，创办了多所学校。综上所述，他们的精神品格是否可以称为"苍霞精神"？今天，福建工程学院的校训"真、勤、诚、勇"，正是这种精神品格的延续和弘扬。

新时期以来，福建工程学院的学科建设取得了跨越式的发展。虽然是以工科为主的大学，但其文科也取得了长足的发展。2011 年，学校成立"福建地方文化资源研究中心"，开始着手对福建地方文献的整理研究以及对林纾的研究。2014 年，学校获批福建省社会科学研究基地——地方文献整理研究中心，标志着我院在社会科学研究的某些方面已跻身于省内强校的行列。近年来，中心陆续在林纾研究、福建地方文献整理研究、福建历代文化研究、闽台文化研究、乡贤研究等领域取得了一系列新成果。国家社科项目的获批、社科论著的密集涌现、优秀社科成果和教学成果的获奖、优质学术团队的建设，都出现了令人鼓舞的新局面。本着以中心为依托，集中展示中心成员的优秀论著的目的，我们精心策划了"苍霞书系"。我们以"苍霞"来命名，一是为了呈现福建工程学院薪火相传的文脉传统，踵继前辈学者的优良学风，发掘"苍霞精神"的时代意义，温故知新，继往开来；二是为中心成员提供一个展示成果的平台，激励他们坚守学术理想，互相交流，互勉共进，以实干创造出更多的优秀成果。

愿我们大家共同努力！

吴仁华

福建工程学院

# 目录

1

刘克庄（1187—1269），字潜夫，自号"后村居士"，福建莆田人。刘克庄在《宋史》中无传，据林希逸《后村先生刘公行状》、洪天锡《后村先生墓志铭》叙述，其享八十三岁高寿，历南宋孝宗、光宗、宁宗、理宗、度宗五朝，仕宦沉浮，经历颇为复杂。

据林希逸《后村先生刘公行状》记载，刘克庄"擅一世盛名，自少至老，使言诗者宗焉，言文者宗焉，言四六者宗焉"，"文名久著，史学尤精"。时人对刘克庄在诗歌、文章、史学等方面的成就给予的肯定和赞誉，可见一斑。

刘克庄是南宋时期江湖诗人中的代表人物，被宋叶适赞为"建大将旗鼓，非子孰当"，可领袖南宋诗歌创新局面之人。其诗先取"四灵"之法，后转而学习杨万里、陆游，希冀兼取众家之长而自成一格。然元代以后，对于其诗歌的评价处于低迷的状态，比较典型的是《四库全书总目提要》对刘克庄诗歌所作的评价："其诗派近杨万里，大抵词病质俚，意伤浅露……然其清新独到之处，要亦未可尽废。"

刘克庄是南宋著名词人，与刘过、刘辰翁并称"辛派三刘"，其词作对南宋的时代现实多有呈现。清人冯煦在《宋六十一家词选例言》中，将刘克庄、辛弃疾、陆游列为三足鼎立的南宋豪放派词人，称其"志在有为，不欲以词人自域"。

刘克庄的文章数量庞大，《后村先生大全集》共一百九十三卷，而诗、词、诗话不到六十卷，其他皆可列入文章的范畴。林希逸《后村居士集序》称，刘克庄"文不主一家而兼备众体，摹写之笔工妙，援据之论精详。其错综也严，其兴寄也远"。赞其文与欧阳修、梅尧臣诸人并行，为中兴大家之一。小品文隶属散文，至晚明而达鼎盛。明人唐显悦在《媚幽阁文娱序》中将小品的审美特点概述为："幅短而神遥，墨希而旨永。"刘克庄的小品文包括序、跋、记、书、墓志等，内容丰富，文辞简约，成就斐然。

总括而言，刘克庄的小品具有四个突出特征：

第一，刘克庄的小品具有丰富的文化内涵。从刘克庄的小品文中，我们可以了解南宋中后期的政治、文化、哲学、宗教和文人心态等。如《徐师川诗序》《辛稼轩集序》诸篇，将徐俯、辛弃疾等具有民族气节的士大夫形象抒写得悲壮而令人敬仰，也充分反映出当时普通民众对家国一统的深切期望。再如，刘克庄所作的书画题跋中，有作品的鉴赏，有真伪的鉴别，有书画家本事的陈述，无不体现出刘克庄高超的书画鉴赏能力，有助于我们更好地洞悉宋朝书画艺术的发展轨迹与风格面貌。

第二，刘克庄的小品具有独特的艺术魅力。宋人尚理，于小品散文的创作亦有所浸染。刘克庄小品常常借助相反相成的概念，来昭示其深刻的人生感悟与哲学思考。如《听雨堂记》通过论述"静"与"躁"、"定"与"动"的关系，来表达自己对"静"的生活方式的无限向往。《风月窝记》之"美""丑"对举，《藏庵后记》之"藏""密"选择等，皆发人深省。另外，刘克庄还擅长营造意境。最令人称道的有：《跋马和之觅句图》中的"夜阑漏尽"，凸显出夜深人静之时的寒冷与孤寂，"缺唇瓦瓶"中的"梅花一枝"则进一步加深了枯寂寒瘦的意境。再如《跋林灏翁诗》中描写的轩槛之一支半朵的海棠花孑然独立的场景，与林灏翁的人品、诗品交相呼应，反映了刘克庄对枯瘦却饱含韵味的诗风的欣赏。

第三，刘克庄的小品具有丰厚的学术价值。刘克庄的诗文作品数量丰富，其小品中包括有不少诗词评论，其创作与批评可谓相得益彰。如他谈论宋诗的《黄山谷诗序》《中兴五七言绝句序》等，可称之为南宋诗歌简史。而《刘圻父诗序》《王南卿诗序》《听蛙诗序》等品评个人诗歌作品的小品，可夹陈于简史中，极大地丰富了南宋诗歌的发展史。刘克庄试图在推崇唐诗的基础上，构建有宋一代的诗歌发展史与诗学理论体系。虽然其评述不同作家的篇章中，出现了自相矛盾的诗歌观点，但是在重视诗歌的教化功能、尚"情性"、重韵味等方面仍是一以贯之的。其评论词作、文章的小品散文，亦是如此。

第四，刘克庄的小品具有提携闽人闽作的地域意识。刘克庄所作小品中，有一定数量的撰写对象是闽籍人士——或亲人，或挚友，或家乡官吏与布衣。这些撰写对象的籍贯并不局限于莆田地区，而是辐射了整个八闽地区。从文学传播的角度来说，刘克庄对闽籍人士的作品、人品等的评述，是他着意提携家乡同仁的重要举措。这些举措既扩大了闽籍人士的社会影响，也在一定程度上推动了南宋福建文学的发展。

本书所选的刘克庄作品，大多篇幅短小精悍、行文流畅且具有一定的思想。作品题材多样，包括记、序、题跋、书启、墓志等。其中，书启、墓志则选取抒写自我深情的数篇作为代表。

本书所涉刘克庄作品，以通行的四部丛刊所收上海涵芬楼影印旧钞本《后村先生大全集》为底本，参校本为四库全书本《后村先生集》和四川大学古籍所编撰的《全宋文》。底本因手抄之故，难免有错讹缺失之处，参校之后仍无法确认之处，则以"□"表示之。众所周知，后村学识渊博，且深受江西诗派影响，故其作品中用典故处颇多。限于学识和精力，本书所作注释难免有挂一漏万之失，尚祈方家指教。

听雨堂记

天下之至音①，非静者不能闻；至乐②，非定者不能知也。风之寥然③也，水之淙然④也，啸之嗒然⑤也，入于耳同也。然南郭子綦⑥以为天籁⑦，元结以为全声⑧，阮籍⑨以为鼓吹、为凤音，得于心异也。何也？躁之不如静也，动之不如定也。

雨之为声至矣，而闻者鲜焉。兄弟群居之乐至矣，而知者鲜焉。昔之人，有以丝竹⑩陶写为乐者，有以朋友切偲⑪为乐者。丝竹托于物之声也，人也；雨自然之声也，天也；朋友取诸人之乐也，外也；兄弟修于家之乐也，内也。今夫大衾长枕⑫，短檠⑬细字，漏断⑭人寂，埙唱篪和⑮。当此之时，溜于檐，滴于阶者，如奏《箫》《韶》⑯，如鼓云和⑰。静者闻，躁者不闻也。定者知，动者不知也。此吾友野翁⑱名堂之意。

夫近世言友爱者，推苏氏⑲，其听雨之约，千载而下，闻之者犹凄然也。抑苏氏能为此言也？非能践此言也。余尝次其出处而有感焉。方老泉无恙，二子娱在，家庭讲贯⑳，自为师友。窃意其平生听雨，莫乐于斯时也。既中制举㉑，各仕四方，忧患龃龉㉒，契阔离合，于是闻雨声而感慨矣。中年宦达，晏寐早朝，长乐㉓之钟，禁门之钥，方属于耳，而雨声不暇㉔听矣。岁晚流落，白首北归，一返阳羡㉕，一居颍滨㉖，听雨之约，终身不复谐㉗矣。故曰："非能践此言也。"

今野翁兄弟，俱以才业㉘光显于时，虽为是堂，余恐其骑马听鸡之时多，对床闻雨之时少，愿刻鄙语于堂上，暇则览焉。盖惟静可以闻此声，亦惟定可以知此乐，惟早退可以践此言也。

## | 注释 |

① 至音：多指最为美妙的音乐。《淮南子·说林训》："至乐不笑，至音不叫。"

② 至乐：指最为高妙的音乐。《庄子·天运》："夫至乐者，先应之以人事，顺之以天理，行之以五德，应之以自然，然后调理四时，太和万物。"

③ 寥（liù）然：长风声。

④ 淙（cóng）然：流水的声音。

⑤ 嘁然：同"啾"，形容吟啸之声。

⑥ 南郭子綦（qí）：春秋时期人，典出《庄子·齐物论》，成玄英疏曰，此人为"楚昭王之庶弟，楚庄王之司马，字子綦。

古人淳质，多以居处为号，居于南郭，故号南郭……其人怀道抱德，虚心忘淡，故庄子羡其清高而托为论首"。他被后世视为淡雅清高、物我相忘的典型代表人物。

⑦ 天籁：指风声、鸟声、流水声等自然界的声响。典出《庄子·齐物论》，庄子引用南郭子綦之言曰："汝闻人籁而未闻地籁，汝闻地籁而未闻天籁夫。"

⑧ 全声：完美的声音，实指天籁。唐元结《订司乐氏》："悬水淙石，商宫不能合，律吕不能主，变之不可，会之无由，此全声也。"

⑨ 阮籍：字嗣宗，陈留尉氏（今属河南）人。魏丞相掾阮瑀子。初仕为太尉蒋济掾，后依附司马氏，累至散骑常侍，封侯。任性不羁，常酣酒沉醉终日；博览群书，尤好老庄，善诗赋，著有《豪杰诗》《咏怀诗》《达庄论》《大人先生传》等。与山涛、嵇康等人交游，为"竹林七贤"之一。魏元帝景元四年（263）卒。

⑩ 丝竹：竹管乐器与弦乐器的总称。

⑪ 切偲（cāi）：指朋友间相互敬重又能相互切磋勉励的样子。《论语·子路》："朋友切切偲偲，兄弟怡怡。"

⑫ 大衾长枕：共同拥着被褥，共同倚靠长枕。最初用来形容夫妻间相亲相爱，后来也比喻兄弟间的至深感情。

⑬ 短檠（qíng）：矮灯架，借指小灯。

⑭ 漏断：滴漏声断，指夜深。

⑮ 埙（xūn）唱篪（chí）和：埙、篪都是古代的乐器，二者合奏，声音相和。后来多以"埙篪"比喻兄弟之间和睦亲密的关系。《诗经·小雅·何人斯》："伯氏吹埙，仲氏吹篪。"

⑯《箫》《韶》：相传是舜之乐名。

⑰ 云和：山名，具体位置不详。以产琴瑟著称，后来作为琴瑟琵琶等乐器的通称。

⑱ 野翁：即宋人赵汝驹，字野翁，永嘉人，曾为黄岩知县。

⑲ 苏氏：当指北宋时期苏洵、苏轼、苏辙父子。苏洵，字明允，号老泉，眉州眉山（今属四川）人。嘉祐间，与二子轼、辙至京师，得欧阳修、韩琦推荐，授秘书省校书郎。擅长古文，奇俏雄拔，著有文集二十卷。苏轼，字子瞻，号东坡居士，苏洵次子。嘉祐二年（1057）进士，反对王安石变法，自请出外，以"乌台诗案"贬谪黄州等地。卒谥文忠。苏辙，字子由，苏轼弟。官至门下侍郎，执掌朝政。晚年被贬。居于颍川，自号"颍滨遗老"。

⑳ 讲贯：讲习。

㉑ 制举：古代的科举取士制度。

㉒ 龃龉（jǔ yǔ）：上下牙齿不相对应。这里指仕途不顺达。

㉓ 长乐：汉宫名，故址在今陕西西安市西北郊。这里指宫廷。

㉔ 不暇：没有时间。

㉕ 阳羡：即今江苏宜兴。苏轼有《菩萨蛮》一阕，其中有"买田阳羡吾将老，从来只为溪山好"之句。

4

㉖ 颍滨：苏辙晚年居于许昌，在颍水之滨，故称颍滨，苏辙自号为"颍滨遗老"，也称"颍滨翁"。

㉗ 谐：达成。

㉘ 才业：才学。

## ｜赏读｜

听雨，乃文人雅士日常生活中的一种体验，以"听雨"命名居所，当别有一番风趣。人的感官接受着来自大自然的各种馈赠，所见、所闻、所听、所感触的万千世界，于每个人皆有不同的感受。而与"听雨"相关的便是人的听觉，以及大自然的各种声音。因此，刘克庄把最为美妙的声音称之为"至音""至乐"，虽然与南郭子綦的"天籁"、元结的"全声"、阮籍的"鼓吹""凤音"名称不同，但实质上应该是相通的。相较于人为制造和演奏的丝竹之音，雨声则是大自然的声音，自然而然的声音，不加任何修饰和雕琢的声音，此便是庄子所说的"天籁"。刘克庄受庄子自然观的影响，也希冀追求"天籁"这一崇高的境界，同时也表达了对朋友以"听雨"命名居所的赞叹。

雨自然而然地下，若无听者，仅仅乃自然之音罢了。然今有兴趣相同者且又为同胞兄弟，相约共赴听雨，共为赏之。或虽未听，雀跃之情、期待之心已满溢矣。世常谓知音稀，却不知知音或在身边。听雨，本是雅事一桩，殊不知亲密之人共赴赏雨，又多出一层心灵上会心的映照。这种映照，有关理想，有关生活，亦有关亲情。可以说，亲密之人相约听雨不仅仅是一件雅事，也是相互之间感情交流的一个纽带。刘克庄便由野翁兄弟联想到北宋时期的苏轼、苏辙昆仲，苏氏兄弟虽有听雨之约，然各自奔波，无暇聚于一处听雨畅谈，无疑是一件憾事。也许远离朝堂，回归自然和真我，才能与雨声、大自然融为一体，方能体验自然的馈赠。可以说，刘克庄在这篇记文中将美的特性以及美的感受表达得淋漓尽致，心静与心定是感受美的事物最好的心态，而在最好的心态下感受美的声音也是平生颇为快乐的事情。刘勰在《文心雕龙·物色》中有"物感"之说，刘克庄由雨感心，再由心全雨的美学思想，无疑是对刘勰"物感"说的最好诠释。

# 漳州鹤鸣庵记

　　问涂四方者，必有嘉木清泉可憩濯，传舍行店①可依止②。南辕③则不然，路益荒，人益稀，极目数十里，无寸木滴水，无传舍行店。昔人酌④地里之中，各创庵焉。岁深屋老，颓圮⑤相望。漳牧合沙黄公朴始新⑥诸庵。鹤鸣庵在郡东，地多灵迹。尝有异僧见二士于此对弈，即之，化鹤飞去。然距城余二十里，穷林⑦危磴⑧，不类人境。暮投破驿，凛⑨乎拆栋坠瓦之虞⑩，鸷兽⑪暴客⑫之恐。公辟古基，改面势，作堂七间，听事三间，门庑宏壮如之。于是境内之庵，十有七所，以次经画⑬。创始者曰"鹤鸣"，更新者曰"半沙"，曰"云霄"，曰"仙云"，余皆复其旧观。鱼孚庵属泉⑭，而费⑮出于漳⑯。竣事上尚书，曰："昔人守庵以僧，赡庵以田，而庵存。其后有司⑰数易僧，巨室豪右占田而庵坏。请令诸庵以甲乙<sup>⑱</sup>承续<sup>⑲</sup>。"朝论是之。

初，公与余偕使广东，公倡诸司，叶力<sup>⑳</sup>缮南中诸庵。繇潮至惠，繇漳至潮，曩号畏涂<sup>㉑</sup>。今深茅丛苇中，轮奂突出，钟鱼<sup>㉒</sup>相闻。筦簟<sup>㉓</sup>薪水，不戒而具，与行中州<sup>㉔</sup>无异。公之惠利博矣。

余闻古之人皆好礼而乐事，厚人而薄己。有避堂而舍宾<sup>㉕</sup>者，有卑恭而崇节者，有穷为布衣茅屋不敝，而恨无突兀之厦以庇寒士者<sup>㉖</sup>。然则僧逃庵荒，非地主责乎？田去僧饥，非巨室耻乎？余书公之事，既以儆<sup>㉗</sup>夫贵且富者。或曰："未也。纵下不戢<sup>㉘</sup>，驱邻虐使，尤庵之大患。"盖寓室而伤薪木<sup>㉙</sup>，曾子之贤，至形诸言；毁垣而纳车马<sup>㉚</sup>，国侨之辨，仅免于诘，余又以儆夫行者。

公伦魁<sup>㉛</sup>名儒，自馆殿秉麾节<sup>㉜</sup>，无留滞之叹，有治办之绩。漳素凋弊，公为之期年<sup>㉝</sup>，修籴<sup>㉞</sup>政，敞贡闱，余力独及于庵云。

## | 注释 |

① 传舍：古时供来往行人休息住宿的处所。《史记·郦生食其者》："沛公至高阳传舍，使人召郦生（食其）。"与"行店"意同。

② 依止：依托，依附。

③ 南辕：车辕向南，此指车向南行。《左传·宣公十二年》：

"令尹南辕反斾。"杜预注："回车向南。"

④ 酌：选取之意。

⑤ 颓圮（pǐ）：坍塌，破败。

⑥ 新：此处作动词，翻新、更新之意。

⑦ 穷林：深林。

⑧ 危磴（dèng）：险峻的石级山径。北周庾信《和从驾登云居寺塔》："重峦千仞塔，危磴九层台。"

⑨ 凛：畏惧，害怕。

⑩ 虞：担忧，戒备。

⑪ 鸷兽：猛兽。

⑫ 暴客：强盗。

⑬ 经画：经营筹划。宋苏轼《答秦太虚书》："度囊中尚可支一岁有余，至时别作经画，水到渠成，不须预虑，以此胸中都无一事。"

⑭ 泉：即福建省泉州。

⑮ 费：费用。

⑯ 漳：即福建省漳州。

⑰ 有司：古代设官分职，各有专司，故"有司"也泛指官吏。

⑱ 甲乙：等级，次第。

⑲ 承续：继承延续。

⑳ 叶力：协力，合力。唐白居易《僧正明远大师塔碑铭序》："师与徐州节度使王侍中有缘，遂合愿叶力再造寺宇。"

㉑ 繇（yóu）：同"由"。从，自。曩（nǎng）：以往。畏涂：也作"畏途"，指艰险可怕的道路。

㉒ 钟鱼：古时寺院撞钟的木器，因制成鲸鱼状，故称。亦借指钟、钟声。宋黄庭坚《阻风入长芦寺》："金碧动江水，钟鱼到客船。"

㉓ 筦簟（guǎn diàn）：用竹或芦苇编的席。

㉔ 中州：相传古时豫州（今河南省一带）地处九州岛之中，称之为"中州"，后多借指中原地区。

㉕ 避堂而舍宾：指让出正厅，表示恭敬。《汉书·曹参传》："闻胶西有盖公，善治黄老言，使人厚币请之。既见盖公，盖公为言治道贵清静而民自定，推此类具言之。参于是避正堂，舍盖公焉。"

㉖ 恨无突兀之厦以庇寒士者：典出唐杜甫《茅屋为秋风所破歌》："安得广厦千万间，大庇天下寒士俱欢颜。"

㉗ 儆：使人警醒。

㉘ 不戢（jǐ）：放纵，不受约束。

㉙ 寓室而伤薪木：多指爱惜房屋。《孟子·离娄下》："曾子曰：'无寓人于我室，毁伤其薪木。'"

㉚ 毁垣而纳车马：事见《左传·襄公三十一年》郑国大夫公孙侨（即下文"国侨"）之事。侨字子产，穆公之孙。其父公子发，字子国，侨以父字为氏，故又称"国侨"。其在郑简公朝为卿，治郑多年，颇有政绩，卒后郑国民众悲痛万分。襄公三十一

年，子产辅佐郑简公至晋国，晋平公因鲁国有丧事而未接见郑国君臣，子产便将晋国馆舍的墙拆掉，遭到晋国人的质问，子产巧言对答，后来晋平公隆重地接见了郑国君臣。（原文过长，故概述其大意。）

㉛ 伦魁：科举考试夺魁为榜首。

㉜ 麾节：指挥旗和符节。

㉝ 期（jī）年：一年。

㉞ 籴（dí）：买入粮食，乃政府抑制米价过高的举措。

## ｜赏读｜

本文是刘克庄为漳州鹤鸣庵所作的记文。

鹤鸣庵，在今福建省漳州市鹤鸣山。根据明代嘉靖时期《龙溪县志》的记载，鹤鸣山山岩石壁，高耸云霄。相传宋代僧人从谦曾游于此处，见两位仙人在此对弈，后皆化为白鹤，双双冲天而去。这便是"鹤鸣"二字的由来。刘克庄在文中也将此庵取名的由来简单提及，然而在这样一个美哉悠哉的传说中，鹤鸣庵在初创时期却是"穷林危磴，不类人境"。为何如此？刘克庄在开篇便用文学性的语言解释道，福建地处崇山峻岭的东南地区，地理条件相对较差，因此开发较迟，与北方的礼乐乡邦相较而言比较落后。于是，建造一些类似于传舍、行店的功能性场所便迫在眉睫。所以，时任漳州主管的黄公朴便在前人颜颐仲所造之庵的基础上，将其进行翻新，使鹤鸣庵及其周围的环境焕然一新，不仅使鹤鸣庵成为僧人的常居之地，也为过往行人提供饮食、住宿，确实是造福民众之举措。

这篇记文，从文学体裁上来讲，属于与营造相关的记体文。明代文人吴讷在《文章辨体序说》中说道："如记营建，当记月日之久近，工费之多少，主佐之姓名。"如果按照传统的营造记体进行书写，本文就可能成为缺乏文学审美的美政之文。刘克庄在记述鹤鸣庵的营造与修葺过程、赞美主要营造者黄公朴的同时，还运用对比手法，使文章增色不少。第一个是鹤鸣庵修缮前后所处环境的对比，由"岁深屋老，颓圮相望"到"门庑宏壮"；第二个是潮州到惠州以及漳州到潮州沿线诸庵修缮前后的对比，由先前的"畏途"，转变为后来的"深茅丛苇中，轮奂突出，钟鱼相闻"，可与中州地区相媲美。鲜明的对比，加上"鹤鸣庵"得名的美丽传说，以及天将降雨时，云雾从山洞中飘出的闲逸之趣，更能增添读者对鹤鸣庵及其周边环境的无限畅想。

除此之外，刘克庄在这篇记文中，还提供了一些宋代东南地区庵舍的相关知识。如两宋时期，朝廷在潮州到惠州以及漳州到潮州沿线营造了许多庵舍，以供过往行人和官员停宿。泉州地区的庵舍之建设经费有不少来自漳州，而庵舍的主持一旦后继无人，寺田就可能被巨室贵富者强行霸占。为避免此类情况的发生，朝廷出台政策使庵舍甲乙相承。因此，本文为读者提供了一个了解福建地区寺庙庵舍的建筑形制、文化内涵、人文价值的重要窗口。

# 风月窝记

寒斋①所居西偏，面古木丛林，为墅屋②三间，中置一榻，友之同志者，游乎风之外者，仕之倦而归者，至则留语，或止宿③焉，扁④曰"风月窝"。

客戏主人曰："昔宋玉授简于楚王之兰台⑤，谢庄托词于陈王之桂苑⑥，皆以巨丽之观，发其高寒之思。今吾子追凉于檐，窥光于隙，将无见哂⑦于二子乎？"主人曰："嘻！词不诣⑧理，工无益也。学不尽性，博无益也。彼以朒朏⑨量月，雌雄论风⑩，达者观之，奚异儿童！吾闻元化⑪之内，清椒精英之气，在天地为风月，在人为性情。风至调⑫而止，嗷謑⑬叱吸⑭，风之变也。月至明而止，薄蚀阴翳⑮，月之厄也。性至静而止，喜怒哀乐，性之动也。故言风月者，曰清明，曰光霁；言性者，曰善，曰寂然不动。然不动夫能即身而反求，韬光而内照，则动者可以中节⑯，静者可以复初。所谓清明而光霁者，敛之方寸，舒之八荒六合<sup>⑰</sup>，随寓而可乐矣。庸讵知彼之兰台桂苑，非鼠壤<sup>⑱</sup>鲍肆<sup>⑲</sup>乎？吾之瓮牖圭窦<sup>⑳</sup>，非琼楼玉宇乎？"客惭而退。

## | 注释 |

① 寒斋：宋人林公遇，字养正，号寒斋，福清（今属福建）人，林瓍之子。以父荫补宁化尉，调建州户曹，辞不就。营精舍以居，研思论学，遁迹山水者二十年。著有《石塘闲话》《求心录》。及卒，私谥文隐。

② 墼（ji）屋：用未经烧制的砖坯建造的房屋。

③ 止宿：住宿。

④ 扁：题匾。

⑤ 宋玉授简于楚王之兰台：宋玉，战国楚鄢人。或说为屈原弟子，曾为楚顷襄王大夫。《汉书·艺文志》著录宋玉赋十六篇。《隋书·经籍志》著录宋玉集三卷，已佚。宋玉作品流传至今的有《高唐赋》《神女赋》《风赋》《登徒子好色赋》等。兰台，战国时楚国台名，故址传说在今湖北省钟祥市东面。宋玉《风赋》："楚襄王游于兰台之宫，宋玉、景差侍。有风飒然而至，王乃披襟而当之曰：'快哉此风！寡人所与庶人共者邪？'宋玉对曰：'此独大王之风耳，庶人安得而共之？'王曰：'夫风者，天地之气，溥畅而至，不择贵贱高下而加焉，今子独以为寡人之风，岂有说乎？'宋玉对曰：'臣闻于师，枳句来巢，空穴来风。

其所托者然，则风气殊焉。'"

⑥ 谢庄托词于陈王之桂苑：谢庄，字希逸，南朝宋陈郡阳夏（今河南太康）人，谢弘微之子。七岁能文。孝武帝时，三任吏部尚书。明帝时，迁中书令，加金紫光禄大夫，卒于官。善歌赋，《文选》著录其《月赋》一篇。桂苑，栽有桂树的园林。谢庄《月赋》："陈王初丧应、刘，端忧多暇。绿苔生阁，芳尘凝榭。悄焉疚怀，不怡中夜。乃清兰路，肃桂苑……仲宣跪而称曰：……歌曰：'美人迈兮音尘阙，隔千里兮共明月。临风叹兮将焉歇，川路长兮不可越。'"

⑦ 哂（shěn）：嘲笑，讥笑。

⑧ 诣：所到达的境界。

⑨ 朒朏（nù fěi）：也作"朏朒"，指月之盈缺。谢庄《月赋》："朒朏警阙，朒魄示冲。"

⑩ 雌雄论风：宋玉《风赋》中有"大王之雄风"和"庶人之雌风"之别，故称。

⑪ 元化：造化。唐陈子昂《感遇·其六》："古之得仙道，信与元化并。"

⑫ 调：和。

⑬ 噭謑（jiào háo）：号叫，叫喊。

⑭ 叱吸：呼吸，指气流在众窍中的出没往返。

⑮ 阴翳：阴霾。

⑯ 中节：中正。

⑰ 八荒：八方荒远之地。六合：天地四方。指四面八方，辽阔之地。

⑱ 鼠壤：老鼠打洞扒出的细土。

⑲ 鲍肆：也作"鲍鱼之次"，指卖咸鱼的店铺。鱼常常腐臭，因此比喻恶人之所或小人聚集之地。

⑳ 瓮牖（wèng yǒu）：以破瓮为窗，指贫寒之家。圭窦：形状如圭的墙洞，借指微贱之家的门户。

## | 赏读 |

本文是刘克庄为福清人林公遇修身会友之所"风月窝"所作的记文。

文章开篇便将风月窝的选址、建筑情况以及用途简单地进行介绍：风月窝由土坯的三间房屋组成，坐落在林公遇居所的西边一角，面对着幽深的古木丛林，是主人与其志同道合者交谈、休憩的重要场所。从外观上来讲，风月窝十分简陋，由此引发客人与主人关于鼠壤鲍肆与琼楼玉宇的讨论。

文中的客人所举的与宋玉、谢庄相关之兰台和桂苑，都是帝王庭院，景致宜人，极尽奢华，身居如此"巨丽"之所，宋玉、谢庄等人方能"发其高寒之思"，继而所歌所咏成为流传后世的佳篇。而风月窝中的主客却"追凉于檐，窥光于隙"，在寒冷与阴暗中度过一日复一日。因此，兰台、桂苑与风月窝，宋玉、谢庄与主、客文人在物、我方面都形成了鲜明而强烈的对比。而主人的回答对于两者之间的差别可谓独具慧眼：风月窝虽然简陋不堪，但是这里的景致却得元化清淑精英之正，可以陶冶此间之人美好的情操，"能即身而反求，韬光而内照"，也能"动者可以中节，静者可以复初"，从而达到情性之至善。然兰台之下，君臣却讨论着大王雄风与庶人雌风之间的差异，此情此景，让人的性情无法转化天地之自然造化，如果只是停留在兰台、桂苑之景使人具有喜怒哀乐的情绪，未免单薄无力。两相对比之下，风月窝这一看似并非特别美好的地方，反而成为不可小觑的"琼楼玉宇"之处，可见主人对于美的特质的发掘不同于常人。

扬之水先生在《古诗文名物新证合编》中曾为书斋做了一个诗意的界定。他说："书房的不同，在于它是为人而设，而不是为书而设，那么一个属于自己的，可以在其中静心读书的所在，便是书房。文人的书房，其实意不在书，而更在于它的环境、气氛，或者说重在营造一种境界。这样一个绝无功利之心的小小空间，读书实在只是涤除尘虑的一种生存方式。"虽然风月窝的功能大于书房，但是不在意外在的装饰和雕琢，而注重在简陋的环境中营造一种涤除尘虑的境界，可谓与扬之水先生对书房的定义颇有相似之处。

当然，主人的回答也是刘克庄本人对于美与丑特质的审美外化。可以说，刘克庄与主人一同对审美特质进行深度挖掘，别人眼中丑陋的事物在他们眼中反而成为美，凸显出宋代文人理性至上的特色。

# 群山圍堂記

锡山①为长沙郡之望，丞相赵公②旧第，擅③锡山之胜。至是，又堂于山之绝巅，取韩诗"群山圍"④之句以明之。而今皇帝书之，奎壁⑤之光上烛霄汉⑥，下被泉石，信开辟以来殊尤巨丽⑦之观也。

自昔游览之地出于偏州⑧下邑⑨，则目力有所止。或在深山穷谷，则脚力不能至。求其雄杰足以统会，宏旷足以容受者，少矣。惟斯堂不然，楚山呈状，湘江倒影。东城南书院⑩，西岳麓宣公、忠肃公书院⑪在焉。凡屈、贾⑫名贤之迹，老、释⑬化人之宫，异时吾侪⑭扪萝跻攀⑮于烟霏紫翠之间，一叶溯沿于江蓠香芷⑯之滨，重趼⑰而来，及厓⑱而返者，莫不自献于几席之上，履屐之下。虽处阛阓⑲，而无市声之至；不出户庭，而有卧游之乐⑳。湘中他楼观，皆不敢望其仿佛，岂非所谓雄杰

20

足以统会，宏旷足以容受欤？

盖天下清绝之景，常属之闲退之人。若夫仕至将相，安危佩于身，事物衡于虑，负夔、卨[21]之望，而抗巢、许[22]之志，固未有兼之者。公力辞相印[23]不拜，改内祠[24]、经筵[25]不拜，改特进[26]、观文殿大学士、判乡闾，犹不拜。诏居陪京，以便咨访，然公角巾东路[27]矣。惟退惟闲，斯堂之景遂为公有。向使[28]鸡鸣入漏舍，日昃[29]出朝堂，以一身丛四海九州岛之责，将胶胶扰扰[30]之不暇，顾欲合族交宾论文乐饮于此，得乎？

昔平泉[31]竹石，仅获一夕之享；绿野[32]钟鼓，不能盖晚节浮沉之愧。公每语亲朋："裴、李所遭之时然尔。吾平生数当事任，踏危险，凭国威灵，幸而有济。中罹谗恚[33]，惧不自全，赖陛下仁圣，终始照知[34]。老矣，释重负而寻初服[35]，秋毫皆帝力也。吾虽退，曷尝一饭忘吾君哉？"天下闻公言而壮之。《诗》曰："维岳降神。"[36]公既钟七十二峰[37]神秀之气，宜其外朝王室，内补衮职，为国申、甫[38]。登斯堂者，固喜公之暂逸，而又知公之必不容以久闲也。某丙午召对[39]，由卑冗历高华，出上亲擢，亦公密启，已在公画中矣。公未赐命，曰："子记吾堂。"其敢以荒落辞？

## 注释

① 锡山：故治在今湖南长沙市芙蓉区。《明一统志》卷

六三:"锡山在善化县东五里,唐王锡隐于此,因名。下有龙潭,水溢则通湘江而分清浊。涸则潭清如镜。上有龙王祠,祈雨多应。"善化县汉时为临湘县,唐为长沙县湘潭县地。宋划长沙县五乡、湘潭县两乡设善化县,1912年并入长沙县。

② 赵公:即宋代丞相赵葵,字南仲,号信庵,又号庸斋,潭州衡山(今属湖南)人,赵方之子,赵范之弟。少随父抗金,以功授承务郎、知枣阳军。理宗绍定间,击败李全,升兵部侍郎,累官至右丞相兼枢密使。好诗文,工书画,尤善画墨梅。卒谥忠靖。

③ 擅:占有。庄子《秋水》:"且夫擅一壑之水,而跨跱埳井之乐,此亦至矣。"

④ 群山囿:取自唐韩愈《南山诗》"吾闻京城南,兹惟群山囿"句。

⑤ 奎壁:二十八宿中奎宿与壁宿的并称。旧谓二宿主文运,故常用以比喻文苑。

⑥ 霄汉:霄,云。汉,天河。"霄汉"指天空极高处。

⑦ 殊尤:特别奇异。巨丽:极其美好的事物。汉司马相如《上林赋》:"君未睹夫巨丽也,独不闻天子之上林乎?"

⑧ 偏州:僻远之州。

⑨ 下邑:小地方,小县。

⑩ 城南书院:在妙高峰之南,宋代张南轩曾跟随父亲张浚在此居住讲学。

⑪ 岳麓书院：故址在湖南省长沙市西岳麓山下。书院由宋开宝中潭州太守朱洞创建。后真宗命周式主持书院，并赐"岳麓书院"题额，与嵩阳、睢阳、白鹿并称四大书院。乾道初，刘珙重建，以张栻主教。栻尝与朱熹论学于此。

⑫ 屈、贾：指战国时期楚国著名诗人屈原、汉代诗人贾谊。

⑬ 老、释：老，即老子，借指道教。释，僧曰释，借指佛教。

⑭ 吾侪：我辈。

⑮ 扪萝：攀援葛藤。南朝梁范云《送沈记室夜别》："扪萝正忆我，折桂方思君。"跻攀：亦作"跻扳"，攀登。唐杜甫《白水县崔少府十九翁高斋三十韵》："清晨陪跻攀，傲睨俯峭壁。"此指攀缘登高。

⑯ 江蓠香芷：香花香草。屈原《离骚》："扈江离与辟芷兮，纫秋兰以为佩。"王逸注："江离、芷，皆香草名。"

⑰ 重趼（jiǎn）：同"重茧"，手足因久磨而生成的硬皮。《庄子·天道》："吾固不辞远道而来愿见，百舍重趼而不敢息。"后多指跋涉艰辛。

⑱ 厓：水边或山边。

⑲ 阛阓（huán huì）：阛，市垣。阓，市之外门。古代市道即在垣与门之间，故称市肆为阛阓。

⑳ 卧游之乐：欣赏山水画以替代游览。《宋书·宗炳传》："（宗炳）有疾，还江陵。叹曰：'老疾俱至，名山恐难遍睹，唯

当澄怀观道，卧以游之。'凡所游履，皆图之于室。"

㉑ 夔、离（xiè）：帝舜二贤臣之名，夔典乐，离典司徒。

㉒ 巢、许：同"巢、由"，是巢父和许由的并称。相传二人是尧时隐士，尧欲让位于二人，皆不受。后多指隐居不仕者。

㉓ 相印：丞相之印，指担任宰相一职。

㉔ 内祠：宫观使，宋真宗时所设，掌在京宫观，以宰执充任。

㉕ 经筵：汉唐以来帝王为讲论经史而特设的御前讲席，宋代称之为经筵。

㉖ 特进：设于西汉末年的官职，授予列侯中有特殊地位的人，隋唐以后为散官。

㉗ 角巾东路：典出《晋书·羊祜传》："（羊祜）尝与从弟琇书曰：'既定边事，当角巾东路，归故里，为容棺之墟。'"指辞官退隐，登东归之路，此后多表示归隐之意。

㉘ 向使：假使。

㉙ 日昃（zè）：太阳开始偏西之时，约未时，下午两点左右。《周易·离》："日昃之离，何可久也？"也作"日侧""日仄"等。

㉚ 胶胶扰扰：纷乱不宁的样子。《庄子·天道》："尧曰：'胶胶扰扰乎？子，天之合也。我，人之合也。'"成玄英疏："胶胶扰扰，皆扰乱之貌也。"

㉛ 平泉：即平泉庄，唐李德裕别墅名，在今河南省洛阳市。

㉜ 绿野：指唐裴度的别墅绿野堂。裴度一生宦海沉浮，于晚年留守东都，筑绿野堂以自适，与白居易、刘禹锡等唱酬甚密。宋叶梦得《避暑录话》卷上："此公（裴度）胸中亦未得全为无事人，绿野之游，岂易得哉！"

㉝ 慁（jì）：毒害。

㉞ 照知：明察。汉扬雄《法言·问神》："天神明天，照知四方。"

㉟ 初服：未入仕时所穿的服装，与"朝服"相对。屈原《离骚》："进不入以离尤兮，退将复修吾初服。"

㊱ 维岳降神：意为高山降其神灵。语出《诗经·大雅·崧高》："崧高维岳，骏极于天。维岳降神，生甫及申。维申及甫，维周之翰。四国于蕃。四方于宣。"

㊲ 七十二峰：代指南岳衡山。

㊳ 申、甫：是周代名臣申伯和仲山甫的并称，后借指贤能的辅佐之臣。《诗经·大雅·崧高》："维申及甫，维周之翰。"

㊴ 召对：古代君主召见臣下，令其回答有关政事、经义等方面的问题。

| 赏读 |

长沙，是一个人杰地灵的地方。在这篇记文中，刘克庄为我们展示了长沙一角其地其人的独特之处。本文并不是一篇游

记作品，而是为南宋名将赵葵旧宅群山围堂所作的记文，充分将自己对于美的感受与宅邸主人的经历、情趣融为一体，彰显主人的独特气质。

宅邸所在之处是长沙郡的眼睛与窗口——锡山。锡山虽然海拔不高，却在群山环绕之中独树一帜。山下有一水龙潭，雨季时潭水溢出便流入湘江，旱季时潭水清澈如镜。山上有祈雨多应的龙王祠，群山围堂便矗立于锡山之顶，仰视则万里碧空，俯视则如画江山，身在其中，可享受到整个锡山的胜景。

群山围堂不仅独具锡山之美景，其周边的人文景观更不可小觑。其东、西两侧临近书香飘逸的城南书院和岳麓书院，"楚山呈状，湘江倒影"，屈原、贾谊所到之处的行迹仍能窥见一二。从群山围堂出发，在烟云弥漫、色彩斑斓的山间行走一段路程后，可撑一叶扁舟，漂游于江蓠兰芷的江上，还能听到船夫吟唱或者山上传来的优美婉转的楚歌，别有一番风味。

陶渊明《饮酒》诗曰："结庐在人境，而无车马喧。问君何能尔？心远地自偏。"诗中的"心远"不仅仅在于地偏，而是心灵在自由自在、澄澈自然状态下所呈现出的宁静与悠远。刘克庄也写道："虽处阛阓，而无市声之至；不出户庭，而有卧游之乐。"可以说，他将陶渊明归隐田园后"心远"的境界进一步提升，完美地契合了赵葵经历宦海沉浮之后，隐居山间时内在情志的平淡幽隐。这也许正是刘克庄本人心向往之的境界吧。

竹溪①为其所亲方君记所谓"藏庵"者，其义高矣，美矣。君复求予一转语②。余曰："《系辞》曰：'退藏于密③。'《记》曰：'恶其著④也。'盖能密而后能藏，不密则著矣。自古贤达之士，如许由⑤以让天下著，夷、齐以叩马之谏⑥著，严光以客星⑦著，申、白⑧以《诗》著，梁鸿以《五噫之歌》⑨著，殷、谢⑩以盛名著，阳城⑪以卓行著，李勃以索价著。是十数公者，其始岂不欲藏，而不知其所以藏之道，其迹遂著于世而不可掩。故当时之人，有牵牛而去不饮其溪流者⑫，有□□之者，有遣吏呼召之者⑬，有遭髡钳⑭者，有为时君所罪者⑮，有见嘲以小草者，有被废为名者⑯，有著论移书讥玩之者。取名几何？受侮不少矣。盖挠败吾之藏，声闻也。挑扶吾之藏，言语文字也。君终身肥遁⑰，绝去声闻，潜心妙道，扫空言语文字。夫如是，则几于密而知所以藏之矣。"

君蹙然曰："子言太高，请卑之。"

余曰："隐□小术也。然学之不进，或露其衣带，或为人所溺。七尺之躯大于带，一毫之挫辱于溺。惟齐鲁两生⑱、杏坛渔父⑲、野王二老⑳、桃源㉑避秦之人，皆以藏于密而免。君其深藏元身，亦深藏吾记，毋为外人所窥。"君名衮，余兄都管之倩㉒。

## | 注释 |

① 竹溪：宋人林希逸，字肃翁，号竹溪、庸斋。福清人（今属福建），理宗端平二年（1235）进士，官终中书舍人。工诗书，善绘事。著有《竹溪稿》《鬳斋续集》《易讲》《考工记解》等。

② 转语：禅宗谓拨转心机，使之恍然大悟的机锋话语。

③ 退藏于密：指后退隐藏于秘密之处，不露行迹。《周易·系辞上》："圣人以此洗心，退藏于密，吉凶与民同患，神以知来，知以藏往。"后以此比喻哲理精微深邃，包容万物。

④ 著：显露。

⑤ 许由：上古高士，曾归隐于箕山。相传，尧欲让天下于许由，许由不受，遁耕于箕山之下。尧又召其为九州长，许由不欲闻之，故洗耳于颍水之滨。

⑥ 夷、齐：伯夷和叔齐的并称，乃商孤竹君的两个儿子，两人皆不接受君位，逃至周国。叩马：叩，通"扣"，勒住马。

两人曾进谏周武王，勿要伐纣。事见汉司马迁《史记·伯夷列传》："伯夷、叔齐叩马而谏曰：'父死不葬，爰及干戈，可谓孝乎？'"后世将二人看作高尚守节的典型。

⑦严光：东汉隐士，字子陵，曾与刘秀同学。秀即帝位，遂隐姓埋名。秀召其至京师，授谏议大夫，不受退隐。客星：忽隐忽现、无恒常躔度的星。《史记·天官书》："客星出天廷，有奇令。"《后汉书·严光传》："（光武帝）复引光入，论道旧故……因共偃卧，光以足加帝腹上，明日太史奏：'客星犯御座。'甚急。帝笑曰：'朕故人严子陵共卧耳。'"后用"客星犯帝"形容隐士放达自适，不拘礼节。

⑧申白：申公和白生的并称。二人皆为鲁国人，受教于荀子门人浮丘伯学《诗》，以传《诗》闻名，因申公鲁人，故所传之《诗》称《鲁诗》。

⑨梁鸿：字伯鸾。家贫好学，不求仕进。娶同县孟光为妻，相敬如宾。夫妇同入霸陵山中，以耕织为业。《五噫之歌》又称《五噫歌》，梁鸿作。诗五句，每句末都有一噫字，故名。《后汉书·梁鸿传》："因东出关过京师，作《五噫之歌》，曰：'陟彼北芒兮，噫！顾览帝京兮，噫！宫室崔嵬兮，噫！人之劬劳兮，噫！辽辽未央兮，噫！'"后世诗文中多用"五噫"表达告退归隐之意。

⑩殷、谢：指晋殷浩、谢安。殷浩，字渊源，好《老》《易》，有"渊源不起，当如苍生何"之语。谢安，字安石，少有

重名，累辟皆不起，年四十方出仕，曾破苻坚于淝水。

⑪ 阳城：字亢宗，定州北平（今属河北）人，进士及第后隐于中条山。唐德宗召拜为谏议大夫，后贬国子司业，复因事出为道州刺史。有德行，政绩卓著。

⑫ 有牵牛而去不饮其溪流者：典出晋皇甫谧《高士传·许由》："尧又召为九州长，由不欲闻之，洗耳于颍水滨。时其友巢父牵犊欲饮之，见由洗耳，问其故。对曰：'尧欲召我为九州长，恶闻其声，是故洗耳。'巢父曰：'……子故浮游俗间，求其名誉，污吾犊口。'牵犊上流而饮之。"

⑬ 有遣吏呼召之者：刘秀即位后，曾遣人召严光前往。

⑭ 髡钳（kūn qián）：古代刑罚，剃去头发，用铁圈束颈。申公、白生二人曾劝谏楚王戊不要作乱，楚王戊不仅没有接受劝谏，反而将二人施以髡钳之刑。

⑮ 有为时君所罪者：梁鸿作《五噫之歌》后，肃宗闻而非之，求鸿不得。

⑯ 有被废为名者：阳城尝劝谏唐德宗留陆贽，力阻裴延龄为相，被德宗以党人罪名逐出京城。

⑰ 肥遁（dùn）：退隐避世。

⑱ 齐鲁两生：事见《史记·刘敬叔孙通列传》："叔孙通使征鲁诸生三十余人。鲁有两生不肯行。曰：'公所事者且十主，皆面谀以得亲贵。今天下初定，死者未葬，伤者未起，又欲起礼乐。礼乐所由起，积德百年而后可兴也。吾不忍为公所为。公所

为不合古，吾不行。公往矣，无污我！'叔孙通笑曰：'若真鄙儒也，不知时变。'"后以"鲁二生"指保持儒家节操，不与时俗同流合污的代表人物。亦指迂腐不知时变者。

⑲ 杏坛渔父：杏坛，传说是孔子聚徒讲学的地方。《庄子·渔父》："孔子游乎缁帷之林，休坐乎杏坛之上，弟子读书，孔子弦歌鼓琴。"杏坛渔父，借指孔子。

⑳ 野王二老：据《后汉书·逸民传》载，光武帝刘秀送前将军邓禹西征，返回途中在野王打猎，路见二老者即禽，与之言，多哲理。光武悟其旨，顾左右曰："此隐者也。"将用之，辞而去，莫知所在。

㉑ 桃源：晋陶潜《桃花源记》："自云先世避秦时乱，率妻子邑人来此绝境，不复出焉，遂与外人间隔。问今是何世，乃不知有汉，无论魏晋。"后便以"世外桃源"借指不受外界影响、未受战乱破坏的美好社会。

㉒ 倩：女婿。


## | 赏读 |

"藏庵"是刘克庄从兄刘希醇女婿方衰的书房，其实在后村作这篇记文之前，后村的好友林希逸已经作一篇记文于前，因此后村称这篇文章为后记。

书斋主人名之为"藏"，后村认为其意义颇为高妙，反映出困扰古代知识分子身心的一大问题——仕与隐的问题。

儒家思想作为影响古代知识分子思想观念体系的重要因素之一，其仕、隐的思想亦左右着士大夫的选择。孔子在《论语》中便多次提及或仕或隐这一问题，在孔子眼中，"天下有道则见，无道则隐""用之则行，舍之则藏"。孟子也说："可以仕则仕，可以止则止，可以久则久，可以速则速。"因此，传统的儒家思想在是否出仕、是否归隐这一问题上，采取了较为通达的态度。许由、严光、梁鸿等人虽然隐身但未隐心，故无法真正享受到归隐的恬淡逸趣。

后村认为，许由、严光、梁鸿等人因未真正做到"藏于密"，才造成了他们的困扰与遗憾。而陶渊明在完成从身隐到心隐的转变后，才过上了安闲逸乐的生活。

本文中所提及的归隐众人，也经常出现在后村其他的作品中，暗含着后村希望自己也能如陶渊明那样隐居山林，追求心灵的自由。与此同时，他也希望自己的朋友能拥有陶渊明那种急流勇退、高洁脱俗的品格。

# 碧栖山房记

昔读孙兴公①赋及诸传记，所谓赤城②如霞，瀑流界道，应真飞锡③仙人采药之地。其高四万八千丈，比之海中蓬莱。其山白天台④西南驰抵仙居⑤，蟠纡耸秀⑥，小山浸清溪，曰南峰。而篁村在其阳，友人陈侯德公⑦之别墅也。初疏小涧为溧桥以通村，稍进至雪厓、松岭、柳湾、莲溆、弥望⑧皆沧波，山房在焉。其寝息游观之处，经营朴斫⑨之制，甚简素，然极天下之幽邃。又攀缘而上，曰高斋，曰丹砂碇，曰竹坨，曰梅崦，曰月馆，曰石龟池，曰渔矶，曰白鹭滩，曰桃花山，凡二十所，主人各纪以一诗。其五言与辋川⑩之倡和，其七言与武夷之欸乃⑪，音节相颉颃⑫也。

德公栖遁⑬其间久矣，始若茹芝绝粒⑭，不预人家国者。一旦遇明主，内历馆殿、侍游厦⑮，外拥旌麾⑯、使越闽，席未暖而银信⑰已至，然瘰痳旧栖之志，本末不渝。始德公采太白诗语，自号碧栖⑱。至是，上亲御翰墨，大书二字以赐。龙腾凤跃，为帝中第一，与先朝臣子諲、臣成大"芗林""石湖"⑲之题相辉映。德公宝奎画⑳而侈圣恩，扁于所居之楼，又扁于山房，属予笔之。

客问余曰："□上临御久，阅士多，以尺度进退士大夫，惟于德公恨相见晚，不次㉑甄拔㉒，岂非一言悟意者耶？"余曰："恶！是何言也！岁辛亥，余以柱史㉓劝讲。上问：'卿识陈仁玉否？'对曰：'臣因尤焴㉔、陈韡㉕识之。'又问：'其见文字否？'对曰：'臣见其史论及丞诏撰进《皇朝禋典》《行都志》等书，皆精博不可及。'上曰：'朕委卿史事，何不辟以自助？'对曰：'昔曾巩纂史，辟陈师道为属㉖，当时以师道布衣不报，臣才学安敢望巩？恐未易辟。'因奏：'圣君所行，即是故事，若谕大臣姑令入馆检阅，书成进用未晚。'上称善。会余去国，虚斋赵端明㉗专史笔，赞上决。德公卒㉘由检阅㉙登朝。其奏篇凛然，法家㉚拂士㉛也。其论著粹然，至言妙义也。上闻其名非一日，诸老荐其才非一人，而尤为立斋杜丞相㉜所知。岂若虞卿㉝、车千秋㉞辈乎？"

客曰："德公遭时如此，不汲汲于云龙风虎㉟之遇合，而拳拳于晓猿夜鹤㊱之惊怨，岂君臣相须之义欤？"予曰："谢公㊲高卧东山，掩鼻富贵。郗侯㊳读书衡岳，无意婚宦。其后却苻坚百万，辅肃代中兴者。世主强之，非二公求之也。"客曰："此异代事尔。"予曰："种明逸㊴隐豹林谷，不求闻达，我章圣皇帝携其手登龙图阁。德公既力辞大匠之召，上亦以闽人爱德公，进直小龙因任，盖将以待终南处士之礼而待之矣，子姑俟之。"客避席去，因次第其语，为碧栖山房记。

## ｜注释｜

① 孙兴公：晋人孙绰，字兴公，太原中都（今属山西）人，善为文，曾作《游天台山赋》。

② 赤城：山名，在今浙江天台县西北。

③ 应真飞锡：应真，得道之人。飞锡，执锡杖飞行于空中，后指僧徒游方。孙绰《游天台山赋》："王乔控鹤以冲天，应真飞锡以蹑虚。"

④ 天台：山名，在今浙江天台县北，是仙霞岭山脉的东支。

⑤ 仙居：县名，今属浙江省。

⑥ 蟠纡：盘绕曲折。耸秀：高耸秀丽。

⑦ 陈侯德公：宋人陈仁玉，字德公，号碧栖，仙居（今属浙江）人。理宗淳祐十一年（1251）为常州文学，开庆元年（1259）赐同进士出身，除浙东提刑兼知衢州，后迁浙东安抚使。恭帝德祐元年（1275），知台州，兵败，归隐于黄岩海中石塘山。

⑧ 弥望：深望。

⑨ 朴斫（zhuó）：砍斫，削治。南朝梁刘勰《文心雕龙·程

器》：“是以朴斫成而丹雘施，垣墉立而雕杇附。”

⑩ 辋川：本是水名，在陕西蓝田县南。因唐代诗人王维在此居住，置别业，后也以“辋川”代称王维。

⑪ 武夷：山名，在今福建武夷山市西北。相传有汉武夷君居此，故名。欸（kuǎn）乃：渔歌。

⑫ 颉颃（xié háng）：鸟上下飞翔。《诗经·邶风·燕燕》："燕燕于飞，颉之颃之。"朱熹《诗集传》："飞而上曰颉，飞而下曰颃。"这里指相类似。

⑬ 栖遁（dùn）：避世隐居。

⑭ 茹芝绝粒：指道家不火食、不进五谷的修炼方式。晋孙绰《游天台山赋》："非夫遗世玩道，绝粒茹芝者，乌能清举而宅之？"

⑮ 旃（zhān）厦：帝王读书学习的地方。《汉书·王吉传》："夫广厦之下，细旃之上，明师居前，劝诵在后，上论唐虞之际，下及殷周之盛，考仁圣之风，习治国之道。"

⑯ 旌麾：帅旗。

⑰ 银信：诏书。

⑱ 德公采太白诗语，自号碧栖："碧栖"语出唐李白《山中问答》："问余何意栖碧山，笑而不答心自闲。桃花流水窅然去，别有天地非人间。"

⑲ 子諲（yīn）：宋人向子諲，字伯恭，号芗林居士，临江（今江西清江）人。哲宗元符三年（1100），以恩补承奉郎。高

宗时，因与主战者李纲友善，为时任宰相黄潜善所罢。晚年知平江府，因拒绝金国使节入境商议议和之事忤逆秦桧，而辞官退闲十五年。著有《芗林集》。成大：宋人范成大，字致能，号石湖居士，苏州吴兴（今属江苏）人，绍兴二十四年（1154）进士，曾奉命出使金国，初进国书，词气慷慨，卒全节而归。擅长作诗，与陆游、杨万里、尤袤齐名，并称"南宋四大家""中兴四大诗人"。著有《石湖集》《揽辔录》《桂海虞衡志》等。

⑳ 奎画：帝王的墨迹。

㉑ 不次：不按照寻常的次序。

㉒ 甄拔：甄别人才而荐举使用。

㉓ 柱史：官名，"柱下史"的简称。相传老子曾做此官，唐宋人多用其作为侍御史的美称。

㉔ 尤焴（yù）：字伯晦，号木石，无锡（今属江苏）人。尤袤之孙。宁宗嘉定元年（1208）进士，历枢密院编修官，将作监主簿，擢工部尚书，官至翰林学士。卒谥庄定。

㉕ 陈韡：字子华，号抑斋，侯官（今属福建）人。宁宗开禧元年（1205）进士。从叶适学。曾知南剑州，累官江东、湖南安抚使，拜参知政事兼同知枢密院事。谥忠肃。《宋史》卷四一九有传。

㉖ 曾巩纂史，辟陈师道为属：曾巩，字子固，世称南丰先生，建昌军南丰县（今属江西）人。仁宗嘉祐二年（1057）进士。历官太平州司法参军、馆阁校勘、集贤校理兼判官告院，出

通判越州，历知齐、襄、洪、福、明、亳、沧诸州。尝编校史馆书籍，官至中书舍人。工文章，以简洁著称，为唐宋古文八大家之一。陈师道：字履常，一字无己，自号后山居士。宋徐州彭城（今属江苏）人。曾任徐州教授、秘书省正字。为人安贫不苟取，以诗著称。北宋末吕本中作《江西诗社宗派图》，推黄庭坚为宗派之祖，次为陈师道等二十五人。著有《后山集》《后山诗话》等。据《宋史》记载，陈师道年少时曾以自己的文章拜谒曾巩，曾巩对陈师道的文章赞赏有加，并收为门徒。元丰年间（1078—1085），曾巩编撰史书时举荐陈师道，然朝廷以陈师道为布衣为由拒绝。

㉗ 赵端明：宋宗室赵以夫，字用父，号虚斋，居长乐（今属福建）。宁宗嘉定十年（1217）进士，曾以枢密都丞旨兼国史院编修官，与刘克庄一同纂修国史。

㉘ 卒：最后。

㉙ 检阅：官名，宋代始置，掌点校书籍。明代属翰林院，清代隶文渊阁。

㉚ 法家：守法度的臣子。

㉛ 拂士："拂"通"弼"，辅佐。"拂士"即辅佐君主之人。

㉜ 杜丞相：宋人杜范，字成之，号立斋，台州黄岩（今属浙江）人。宁宗嘉定元年（1208）进士，累迁殿中侍御史。淳祐四年（1242），擢同知枢密院事，次年拜右丞相。卒谥清献。

㉝ 虞卿：战国时游说之士。因游说赵孝成王，被封为赵上

卿，受相印，故号虞卿。主张以赵为主，合纵以抗秦。后因拯救魏相魏齐，弃相印与魏齐逃亡，困于梁。穷愁著书，上采《春秋》，下观近世，以刺讥国家得失，世传为《虞氏春秋》。

㉞ 车千秋：即西汉田千秋。因上书讼卫太子冤，召拜大鸿胪，后迁丞相，封富民侯。武帝临终，与大将军霍光等受遗诏辅少主。昭帝时霍光专权，乃谨厚自守，政事一决于光。因年老，朝见时恩准乘小车入宫，故号车丞相。

㉟ 汲汲：急切的样子。云龙风虎：《周易·乾卦》："云从龙，风从虎。"谓龙起生云，虎啸生风，同类事物相感应。比喻圣主贤臣之遇合。

㊱ 拳拳：恳切、忠谨的样子。晓猿夜鹤：也称"晨猿夜鹤"，出自南北朝孔稚珪《北山移文》。这篇文章写的是一位叫周颙的文人伪装隐居，以显示自己的高洁，实则通过隐居求取功名利禄的故事。当周颙求取功名离开后，群峰讥讽道："至于还飙入幕，写雾出楹，蕙帐空兮夜鹤怨，山人去兮晓猿惊。"道尽对用假隐居求取功名之人的惊怨。

㊲ 谢公：晋人谢安，少年时有重名，却游赏于东山，不意于仕宦。后为尚书仆射，大破苻坚于淝水，战功显赫。

㊳ 邺侯：唐人李泌，字长源，天宝中以翰林供奉东宫，历仕玄宗、肃宗、代宗、德宗四朝，至为宰相。

㊴ 种明逸：宋人种放，字明逸，洛阳人。七岁能属文，精于易学，不应科举。父亲去世后，与其母隐居陕西终南山豹林

谷，以讲席为业。隐居三十年，宋真宗时召为左司谏，不久便辞归。

## | 赏读 |

这篇文章是刘克庄为陈仁玉的居所碧栖山房所作的记文。

碧栖山房位于浙江天台山，东晋时期著名玄言诗人孙绰曾作《游天台山赋》，写天台山"赤城霞起而建标，瀑布飞流以结石"；写天台山望大海"鹏为羽杰，鲲称介豪。翼遮半天，背负重霄。举翰则宇宙生风，抗鳞则四渎起涛"；赞美兰亭为"修竹荫沼，旋濑萦丘""莺语吟修竹，游麟戏澜涛"，等等。孙绰笔下的天台山生机盎然，神秀妙绝。

如果仅仅描写碧栖山房及其周边的自然景致、人文景观，难免落入窠臼，于是后村便从陈仁玉将别墅命名为"碧栖"的用意入手。"碧栖"语出唐代诗人李白《山中问答》诗。其诗曰：

> 问余何意栖碧山，
> 笑而不答心自闲。
> 桃花流水窅然去，
> 别有天地非人间。

众所周知，李白是一个儒家思想与道家思想杂糅于一身的文人，他既想"济苍生""安社稷"，做出一番大事业，又颇为向往隐逸求仙的生活。当他在四十二岁那年被唐玄宗召赴长安时，他"仰天大笑出门去，我辈岂是蓬蒿人"的呐喊，可谓意气风发。然而他却长期处于漂泊之中，也曾多次隐居山林，他在二十六岁时便隐居在湖北安陆的碧山桃花岩长达十年之久。而这首诗便是写于这段隐居时期。有人询问李白为何选择幽居在碧山，他笑而不语，心中一片泰然自若。桃花随溪水宛然远逝，如仙境一般，别有一种境界。李白借用别人与自己的问与答，将碧山自然、真切的美，与人间可能拥有的不真实形成鲜明的对比，给人一种空灵缥缈、悠然深邃、舒缓超脱之感，也抒发自己隐居生活的自由自在、乐在其中的情趣。

因此，陈仁玉化用李白诗句命名其别墅，其蕴意不言而喻。他曾在这样的美景下如道家一般不进五谷，进行修炼。然而自从遇明主、登高阁以来，也受到一些人的质疑与非议。后村认为，陈公对于或归或隐，皆有自己的规划。李白在《山中问答》中表达的是隐居生活的悠然自得，却也暗含着他愤世嫉俗和乐观天趣的矛盾心理。陈公也是如此。没有出仕的条件便安然归隐于山水田园中，享受自然的馈赠；如果与明主相合，且有实现自己政治抱负的理想环境便选择出仕，表现出儒家士子经邦济世的进取精神。

剡溪<sup>①</sup>以清绝擅天下，亭在县南，负郭枕流。旧名"戴溪"<sup>②</sup>，尚书芮公煇<sup>③</sup>更名"兴尽"<sup>④</sup>。年深屋老，今刑狱使者御史东阳何公<sup>⑤</sup>撤而新之。公之言曰："旧名二字，犯<sup>⑥</sup>岷隐翁<sup>⑦</sup>，新名虽佳，顾<sup>⑧</sup>安道主也，子猷宾也<sup>⑨</sup>。以'兴尽'名亭，系于宾矣。"乃扁曰"雪溪"，樗寮<sup>⑩</sup>书之，而移书后村叟<sup>⑪</sup>，俾识岁月。

盖名士莫盛于晋，尤莫盛于剡。然或暂遇，或偶至，而戴氏世居之，乔木宿草<sup>⑫</sup>在焉。溪不属戴奚属哉！世评其人，直曰栖道<sup>⑬</sup>而已，此为知安道之浅者。正始、永嘉<sup>⑭</sup>，虚诞欺世，大者劝进<sup>⑮</sup>，小者望尘<sup>⑯</sup>。退而穷经著书者谁欤？桓温<sup>⑰</sup>、道子<sup>⑱</sup>气焰动人，殷浩达函<sup>⑲</sup>，谢公<sup>⑳</sup>出涕，死不降志辱身者谁欤？惟二戴<sup>㉑</sup>父作子述，经学隐节，相望于晋、宋二史<sup>㉒</sup>。子猷宁无肉而不肯无竹<sup>㉓</sup>，宁柱笏看山<sup>㉔</sup>而不受大司马之料理，非若人，孰可友安道者？嗟夫！盗泉㉕辱井㉖，过者掩鼻。至若戴公结庐之里，王郎回舟之处，则汗青笔之以为美谈，画家图之以为胜践㉗，骚人墨客模写之以为绝景，士其可以不矫强自立乎？

何公尝尹㉘剡，兴学聘师以淑秀孝，置廪储粟以备俭荒。费累巨万，人皆服治办，而不知其清苦节缩□□。然天子既采民誉，旌邑最，入峨豸冠㉙，出陈臬事。昔墨绶㉚，今绣衣㉛，桑荫未徙㉜，越人㉝荣之。公于剡百废俱举，惟亭经始㉞于建台之岁，落成于明年之秋。宜览眺，宜栖止。其山川景物可以心赏，不可以文传也。余独谓非剡溪不足以容安道之隐趣，非雪不足以发剡溪之奇观，非安道不足以动子猷之高兴㉟，非何公冰玉人不足成千古之清事。

公名梦祥，字视履。

## | 注释 |

① 剡溪：水名，曹娥江的上游，北流入上虞，为上虞江，在浙江嵊州市境内。

② 戴溪：因晋人戴逵居此，故名。戴逵，字安道，谯郡铚县（今属安徽）人，后徙居会稽剡县（今属浙江）。其擅长鼓琴，武陵王司马晞曾召他鼓琴，逵对使者摔碎其琴，曰："戴安道不为王门伶人。"

③ 芮公辉：芮辉，字国瑞，乌程（今属浙江）人。高宗绍

兴十八年（1148）进士，累官至兵部尚书。

④ 兴尽：据《世说新说·任诞》载，王羲之之子王徽之居山阴时，曾乘小船拜访戴逵，至门不入而返，旁人问其原因，答曰："吾本乘兴而行，兴尽而返，何必见戴！"故名。

⑤ 何公：宋人何梦祥，字视履，东阳（今属浙江）人。淳祐元年（1241）进士，官至礼部主事。

⑥ 犯：冲犯。

⑦ 岷隐翁：宋人戴溪，字肖望，世称岷隐先生，永嘉（今属浙江）人。孝宗淳熙五年（1178）别头试第一。累官至权工部尚书，以龙图阁学士致仕。

⑧ 顾：但是。

⑨ 安道主也，子猷宾也：安道即戴逵，世居剡溪，是为主人。子猷即王徽之，来剡溪访戴，是为宾也。

⑩ 樗（chū）寮：宋书法家张即之，字温夫，号樗寮，鄞县（今属浙江）人。以父恩授承务郎，以直秘阁致仕。以书法闻名，金人尤宝其翰墨。

⑪ 后村叟：刘克庄自称。

⑫ 乔木：《孟子·梁惠王下》："所谓故国者，非谓有乔木之谓也，有世臣之谓也。"宿草：借指坟墓。乔木、宿草皆为形容故国或故里的典实。

⑬ 栖道：栖身于道。

⑭ 正始：三国时期曹魏君主魏齐王曹芳的年号，240—249

年。当时玄风渐兴，士大夫唯老庄是宗，竞尚清谈，世称"正始之风"。嵇康、阮籍等人的诗，称为"正始体"。南朝梁刘勰《文心雕龙．明诗》："采缛于正始，力柔于建安。"永嘉：晋怀帝的年号，307—313年。

⑮ 劝进：劝即帝位。

⑯ 望尘：望尘而拜，指卑躬屈膝迎候权贵。

⑰ 桓温：字符子，东晋谯国（今安徽怀远）人。明帝女婿。初为荆州刺史，后以大司马专政。废帝奕，立简文帝。并与郗超等谋废晋自立，事未成而死。

⑱ 道子：东晋司马道子，简文帝之子。初封琅邪王，后封会稽王。桓玄举兵东下，破建康，道子被放逐，不久被鸩杀。

⑲ 殷浩达函：殷浩是东晋陈郡长平（今属山西）人，字渊源，殷羡之子。时桓温权倾朝野，会稽王司马昱召之参政以抗桓温。因统军北伐，屡战屡败，被桓温上疏责之，废为庶人。被黜后忽收到桓温拟任他为尚书令的书信。他写完回信后唯恐信中言语有失，便将信拆封数次，最后只是寄出空信封。

⑳ 谢公：东晋谢安，时值司马道子专权，谢安避之不及。

㉑ 二戴：戴逵、戴颙。戴颙，字仲若，戴逵之子。

㉒ 晋、宋二史：《晋书》《宋史》中都载有二戴事迹，载于《隐逸传》。

㉓ 子猷宁无肉而不肯无竹：王徽之十分爱竹，直指竹曰："何可一日无此君邪！"

㉔ 柱笏看山：桓温曾对王徽之说："卿在府久，比当相料理。"徽之不答，直高视，以手版拄颊云："西山朝来，致有爽气。"指朝廷官宦有隐士情怀。

㉕ 盗泉：古泉名，故址在今山东省泗水县东北。据《尸子》载，孔子曾过盗泉，渴而不饮，恶其名也。旧时常比喻不义之财。

㉖ 辱井：井名。隋军入陈，陈后主与张、孔二妃出景阳殿，逃入景阳井，隋军将其生俘。后称景阳井为辱井。

㉗ 胜践：快意地游览。

㉘ 尹：治理。

㉙ 入峨豸（zhì）冠：古代御史等执法官吏入朝时所戴之冠，又称獬豸冠。后用以指御史等执法官吏。

㉚ 墨绶：结在印钮上的黑色丝带，后世将其作为县官及其职权的象征。《后汉书·蔡邕传》："墨绶长吏，职典理人，皆当以惠利为绩，日月为劳。"

㉛ 绣衣：指御史的服装。

㉜ 桑荫未徙：亦作"桑荫未移"。出自《战国策·赵策》："昔者尧见舜于草茅之中，席陇亩而荫庇桑，荫移而授天下传。"比喻时间短暂。也指人与人之间意气相投，相知无须时日长久。

㉝ 越人：浙江人。

㉞ 经始：开始营建。

㉟ 高兴：高雅的兴致，愉快兴奋。

## | 赏读 |

明代王思任《剡溪》曰："山高岸束，斐绿叠丹，摇舟听鸟，杳小清绝，每奏一音，则千峦啾答……"他用移步换景的方式，描绘了曹娥江至剡溪沿途的几处景致，将风景如画的剡溪付诸笔端，生机盎然。

除却美景之外，剡溪还拥有浓厚的人文景观和文化内涵。唐代诗人李白在《梦游天姥吟留别》中说："湖月照我影，送我至剡溪。谢公宿处今尚在，渌水荡漾清猿啼。脚着谢公屐，身登青云梯。"李白诗中的"谢公"即南朝诗人谢灵运。谢灵运曾在剡溪间寻山问水，修营别业，并留下了不少与剡溪相关的作品。

王徽之"雪夜访戴"的故事，出自南朝刘义庆编撰的《世说新语·任诞》。王羲之之子王徽之居住在山阴时，夜晚大雪，睡梦中醒来，打开门窗，在寂寂无声的雪夜独自酌酒，四望皎然，倍感寂寥彷徨之际，诵咏左思的《招隐诗》，想起隐居在剡溪的戴逵，便即刻乘船前往戴逵的住处。经过一夜舟行，终于到达戴逵的住所，然而王徽之并未叩门而入，而是乘船而归。众人不解，纷纷问其原因。王徽之回答道："吾本乘兴而行，兴尽而返，何必见戴？"

王徽之与戴逵这对志同道合的挚友，时常乘兴相聚，琴会高谈。"雪夜访戴"，既体现了王徽之潇洒率真的个性，也反映了东晋士族任性放达的精神风貌。"乘兴而行，兴尽而返"将当时士人所崇尚的任诞放浪、适情任性的"魏晋风度"表达得淋漓尽致。王、戴二人的这段佳话不仅使剡溪流芳千古，也激励那些慕名而来剡溪的文人墨客秉承其隐逸真趣的品质，继续书写剡溪的传奇。

# 新筑石塘记

　　水行穹壤间，如天有雨露，无则干；如地有井泉，无则渴；如人有血脉，无则夭。闽下四郡，负山而濒海，高者山至崔巍[①]，力耕未止；卑[②]者弥望斥卤[③]，不可种艺[④]。智者相地形为陂塘[⑤]，使水有所蓄泄，以补造化不及之功。玉融为邑，惟石塘地号上腴[⑥]，然原田棋布，栋宇栉比[⑦]，有塘之名，无塘之实。往往涔蹄[⑧]一泓[⑨]，仅可供桔槔[⑩]耳。

　　塘大姓曰林氏，自龙学公与西塘郑公齐名，四传至观字子光、同字子真、合字子常，并修家政，培世德，凡宝章公厚伦赡族之事绪成之，寒翁[⑪]寄傲[⑫]舒啸[⑬]之所庄严之，垣屋亭榭，完矣美矣，所欠者，濠濮间趣[⑭]。视四傍多苇地[⑮]，乃因农隙，叶力浚之。周围千二百尺，环甃以石，种荷柳焉。竹溪[⑯]中书林公大书"石塘"二字，径四尺，刻堤上。亭其东西临流者曰

"清浅"，在水中央者曰"叶藏海"。东岸则精舍、草庵、秋风亭、小孤山、付珠，西岸则宝章公居宅，直北则芙蓉亭、春草亭，遂为一邑伟观。

都人士<sup>⑰</sup>惊喜曰："昔沮洳<sup>⑱</sup>硗确<sup>⑲</sup>，今淼淼<sup>⑳</sup>沃衍<sup>㉑</sup>，昔蟇跳雀跃，今鹭翘鹤下。花朝月夕，雩舞棹歌，如浴沂而涉湘<sup>㉒</sup>也。"不但耕夫芸叟赖以沾膏润，骚人墨客资以发才藻，亦山经地理家以为合于阴阳向背也。昔李赞皇<sup>㉓</sup>谓："鬻平泉<sup>㉔</sup>，非吾子孙；以平泉一草一木遗人，非佳子孙。"柳子厚<sup>㉕</sup>谓："上世藏书三千卷在善和宅<sup>㉖</sup>。"然赞皇自不能一夕安平泉，善和宅及子厚在已三易主。今林氏之尊老远矣，而代有象贤<sup>㉗</sup>，愈蕃而大。樵牧爱护其松楸，郡邑表章其宅里。予尝访其屋壁旧藏，则手泽<sup>㉘</sup>如新，曾玄<sup>㉙</sup>论著，篇帙多于祖祢<sup>㉚</sup>，是岂非盛德之后，积善之家乎？

观，养直<sup>㉛</sup>子也。同、合，寒翁子也。观，清白吏，既通朝籍，不忍去亲而仕。同、合皆布衣隐约<sup>㉜</sup>，志气修而道义尊，大节可书，筑塘特其细尔。

## |注释|

① 崔巍：形容山高峻雄伟的样子。

② 卑：低洼。

③ 斥卤：盐碱地。《吕氏春秋·乐成》："决障水，灌邺旁，

终古斥卤，生之稻粱。"

④ 种艺：种植。宋沈括《梦溪笔谈·权智》："淤淀不至处，悉是斥卤，不可种艺。"

⑤ 陂塘：蓄水的池塘。

⑥ 上腴：肥沃的上等土地。《后汉书·班固传》："华实之毛，则九州之上腴焉。"

⑦ 栋宇：栋，屋之正中；宇，屋之四垂。"栋宇"泛指房屋。汉王延寿《鲁灵光殿赋》："神灵扶其栋宇，历千载而弥坚。"栉比：形容密接相连，犹如梳齿般排列。《诗经·周颂·良耜》："其崇如墉，其比如栉，以开百室。"

⑧ 涔（cén）蹄：路上蹄迹中的积水，形容极少的水量。北周庾信《为杞公让宗师骠骑表》："况复一枝蜷曲，终危九层之台；一股涔蹄，必伤千里之驾。"

⑨ 一泓：清水一片或一道。

⑩ 桔槔：井上汲水的工具，这里指汲水。

⑪ 寒翁：即林公遇，其生平事迹见《风月窝记》注释①。

⑫ 寄傲：寄托傲世之志。晋陶潜《归去来兮辞》："倚南窗以寄傲，审容膝之易安。"

⑬ 舒啸：放声呼啸。晋陶潜《归去来兮辞》："登东皋以舒啸，临清流而赋诗。"

⑭ 濠濮间趣：比喻逍遥闲居、清淡无为的思绪。典出《庄子·秋水》："庄子与惠子游于濠梁之上。庄子曰：'鯈鱼出游从

容，是鱼之乐也。'惠子曰：'子非鱼，安知鱼之乐？'庄子曰：'子非我，安知我不知鱼之乐？'惠子曰：'我非子，固不知子矣；子固非鱼也，子之不知鱼之乐，全矣。'庄子曰：'请循其本。子曰汝安知鱼乐云者，既已知吾知之而问我，我知之濠上也。'"

⑮ 芾（fú）地：草盛之地。

⑯ 竹溪：即林希逸，其生平事迹见《藏庵后记》注释①。

⑰ 都人士：京师有士行之人。《诗经·小雅·都人士》："彼都人士，狐裘黄黄。"郑玄笺："城郭之城曰都。古明王时，都人之有士行者，冬则衣狐裘，黄黄然，取温裕而已。"

⑱ 沮洳（jù rù）：低湿之地。《诗经·魏风·汾沮洳》："彼汾沮洳，言采其莫。"孔颖达疏："沮洳，润泽之处。"

⑲ 硗（qiāo）确：土地坚硬瘠薄。

⑳ 渺渶：水流旷远貌。

㉑ 沃衍：土地平坦肥沃。

㉒ 雩（yú）舞棹歌，如浴沂而涉湘：典出《论语·先进》，孔子师生四人谈论志向，曾皙道："浴乎沂，风乎舞雩，咏而归。"后指志在归隐，不求仕进。

㉓ 李赞皇：唐人李德裕，字文饶。其父李吉甫为宰相，以荫补校书郎。为李党首领，与牛僧孺为首的牛党斗争激烈，史称"牛李党争"。

㉔ 平泉：即平泉庄，李德裕游息的别庄。

㉕ 柳子厚：唐诗人柳宗元，字子厚，河东解县（今属山西）

人，贞元年间进士，参加"永贞革新"集团，任礼部员外郎。革新失败后，贬永州司马，后迁柳州刺史。与韩愈同为古文运动倡导者，并称"韩柳"，为"唐宋八大家"之一。著有《河东先生集》。

㉖ 善和宅：柳宗元《寄许孟容书》："家有赐书三千卷，尚在善和里旧宅。"后便以"善和"借指藏书。

㉗ 象贤：能效法先人的贤德。《尚书·微子之命》："殷王元子，惟稽古，崇德象贤。"后来成为父子事业相承的美称。

㉘ 手泽：犹言手汗。《礼记·玉藻》："父没而不能读父之书，手泽存焉尔。"后多用来指称先人或前辈的遗墨、遗物等。

㉙ 曾玄：曾孙和玄孙，亦泛指后代。

㉚ 祖祢：先祖和先父，亦泛指祖先。汉蔡邕《鼎铭》："乃及忠文，克慎明德，以服享祖祢之遗风，悉心臣事，用媚天子。"

㉛ 养直：宋人林公选，字养直，以父泽入官，然不就，与兄公遇隐于山水之间。

㉜ 隐约：隐遁约持。

## ｜赏读｜

据乾隆《福州府志》记载，西晋末年，八王之乱，五胡乱华，"中州板荡，衣冠始入闽者八族，林、黄、陈、郑、詹、邱、何、胡是也"。可见林氏在福建尚处于蛮荒状态时就在这里繁衍生息了。

本文中的石塘主人林氏，是南宋时期福建福清的一大家族。唐昭宗年间，林家先祖跟随王潮、王审知南迁至福建，但是从林遹开始，福清林氏才成为在当地颇具影响的家族。林家从林遹、林埏、林璖、林公遇、林公选到林观、林同、林合一辈，虽然并未大富大贵，但是林氏子孙能坚守祖业，保持家声数百年不坠，并在福清地区具有一定的影响力。这对于一个家族的持续发展来讲，实在是不易之事。后村以李德裕的平泉庄、柳宗元的善和宅皆无法为后世子孙拥有作为反面例子，来说明林氏家族的成就来之不易。

林氏产业虽不是很丰厚，但是重在凝聚力强，林家父子、兄弟、妯娌之间的关系十分融洽。同时，林家素以孝行称颂于乡里，并积极参与当地的公益事业。尤为人称道者，是林公遇通过修筑陂塘，将原本寸草不生的低洼盐碱地，改造成既能满足耕田的实际需求，又能"濠濮间趣"的当地景观。这一工程既彰显了林氏一族的乐善好施，又改善了当地人居环境，造福一方百姓。这也是林氏家族能在当地繁衍不息、持续发展的重要原因之一。

初，寒翁<sup>①</sup>之斋甚朴，亭台尤草草<sup>②</sup>，柳风容月，足以吹面照怀而已。二子<sup>③</sup>亦隐居求志，因先人之旧，稍推广之，植梅数百株，增屋数百楹<sup>④</sup>，曰"付珠"者，二子自名，自笺其义。曰"小孤山"者，予所名。二子属笔于余记之。

或问余所本<sup>⑤</sup>，予曰："昔艾轩先生<sup>⑥</sup>有'吟诗合住小孤山'之句。和靖<sup>⑦</sup>，林也；艾轩、寒翁，亦林也。此予为二子名轩之意也。晋人园圃必有奇花异卉，如洛<sup>⑧</sup>之牡丹，蜀之海棠，广陵<sup>⑨</sup>之芍药。当其盛时，靓妆炫服，各极姿态。及夫一气凄变<sup>⑩</sup>，千林摇落，向<sup>⑪</sup>敷荣<sup>⑫</sup>者今皆安在？意造化生物之机缄<sup>⑬</sup>，至是息矣，而梅出焉。层冰积雪之后，断原荒涧之滨，明月宝璐<sup>⑭</sup>，照映穹壤，幽芬<sup>⑮</sup>绝艳，可敬而难亵。□冻槁自守之乐，未尝为玉簋<sup>⑯</sup>羯鼓<sup>⑰</sup>之所点浼<sup>⑱</sup>者，独此花为然。余以为花中惟兰，人中惟孤竹二子<sup>⑲</sup>、鲁两生<sup>⑳</sup>、□四皓<sup>㉑</sup>、汉羊裘男子<sup>㉒</sup>、晋柴桑处士㉓似之。订其标度，岂非百卉之先觉，众芳之后殿㉔欤？本朝自天圣、明道㉕以口，高人胜士，皆以和靖比梅，甚矣，寒翁之似和靖也，二子之似寒翁也。然则小孤山之名，不属之二子而谁属？"

## 注释

① 寒翁：宋人林公遇，其生平事迹见《风月窝记》注释①。

② 草草：简陋。

③ 二子：即林公遇之子林同、林合。

④ 楹：量词，屋一间为一楹。

⑤ 本：依据。

⑥ 艾轩先生：宋人林光朝，字谦之，号艾轩，兴化军莆田（今属福建）人。孝宗隆兴元年（1163）进士及第，调袁州司户参军。后出广南西路提点刑狱，改广南东路，除中书舍人。有《艾轩集》二十卷。

⑦ 和靖：北宋诗人林逋，字君复，钱塘人。他恬淡好古，长期隐居在西湖孤山，赏梅养鹤，终身不仕，也不婚娶，旧称"梅妻鹤子"。著有《林和靖诗集》。

⑧ 洛：河南洛阳。

⑨ 广陵：江苏扬州。

⑩ 一气凄变：指秋天到来，天气骤变。

⑪ 向：以往，过去。

⑫ 敷荣：开花。西汉焦延寿《易林》："春草萌生，万物敷荣。"

⑬ 机缄：本指推动事物动作的造化力量，后指气运、气数。《庄子·天运》："天其运乎？地其处乎？日月其争于所乎？孰主张是？孰维纲是？孰居无事推而行是？意者，其有机缄而不得已邪？"

⑭ 宝璐：指称美玉。屈原《九章·涉江》："被明月兮佩宝璐。"

⑮ 芗：同"香"，香泽，香气。

⑯ 篴，"笛"的古字，管乐器名。

⑰ 羯鼓：古代打击乐器，从西域传至我国，唐开元年间十分盛行。

⑱ 点涴：点污。宋苏轼《与佛印书》："今仆蒙犯尘埃，垂三十年，困而后知返，岂敢便点涴名山。"

⑲ 孤竹二子：指代伯夷、叔齐。《庄子·让王》："昔周之兴，有士二人，处于孤竹，曰伯夷、叔齐。"二人生平事迹见《藏庵后记》注释⑥。

⑳ 鲁两生：见《藏庵后记》注释⑱。

㉑ 四皓：指秦末汉初隐居商山的东园公、甪里先生、绮里季、夏黄公四人。因四人须眉皆白，故称"商山四皓"。汉高祖曾召四人，皆不应。后高祖欲废太子，吕后用张良计，迎四皓，

使辅太子，高祖以太子羽翼已成，乃不再有改立太子之意。

㉒ 汉羊裘男子：即东汉严光，其生平事迹见《藏庵后记》注释⑦。《后汉书·逸民传》载，刘秀称帝后，严光"变名隐身，披羊裘钓泽中"。后因以"羊裘"指隐者或隐居生活。

㉓ 柴桑处士：借指晋陶潜，因其故里在柴桑，故称。

㉔ 后殿：最后，尾部。

㉕ 天圣、明道：天圣，宋仁宗年号，即1023—1032年；明道，宋仁宗年号，即1032—1033年。


## 赏读

小孤山，是后村妻兄林公遇之子林同、林合的苑圃名。据清康熙《福清县志》记载，小孤山在福清文兴里，有林寒斋祠。本文主要介绍了后村将林氏兄弟苑圃取名"小孤山"的缘由，是一篇具有韵味的美文。

其一，古人特别注重同姓本家名人在社会上的影响，在交游、创作等活动中，文士们经常会因为同姓本家而拉近彼此之间的距离。艾轩先生与和靖先生都与苑圃主人同姓，且艾轩先生有"吟诗合住小孤山"的诗句，和靖先生在西湖孤山安家居住，因此，后村便将林氏兄弟的苑圃取名为"小孤山"。其二，"小孤山"苑圃内多种植梅树，林氏兄弟隐居于此，与和靖先生一生未仕，赏梅养鹤的经历、趣味暗合。其三，彰显苑圃主人高雅的趣味。后村将"小孤山"苑圃以种梅为主，与大多数苑圃种植杂花异卉形成对照，彰显主人对梅花的情有独钟。此外，后村又将层冰积雪之后，百花凋残，而梅花傲然盛开、幽香四溢形成对照，突显了梅花的高贵品格，也彰显了苑圃主人高雅的审美趣味。

余尝病世之为唐律者胶挛浅易，窘局才思，千篇一体。而为派家者，则又驰骛广远，荡弃幅尺②，一嗅味尽。麻沙③刘君圻父，融液众格，自为一家，短章有孔鸾④之丽，大篇有鲲鹏⑤之壮，枯槁之中含腴泽，舒肆之中富掣敛⑥，非深于诗者不能也。矧⑦其贵山林，贱城市，视蝉冕⑧如布衣，见朱门如蓬户。静定之言多，躁动之意少，庶几乎冲澹以自守，遗佚而不怨者矣。

虽然，文以气为主⑨，少锐老惰，人莫不然。世谓鲍昭⑩、江淹⑪，晚节才尽，予独以气为有惰而才无尽。子美夔州⑫、介甫钟山⑬以后所作，岂以老而惰哉！

余幼亦酷嗜，岁月几何，颜发益苍。事物夺其外，忧患攻其内，耗亡销铄，不复有一字矣。圻父幸在世，故胶扰之外，为事物忧患之所恕，养气益充，下语益妙，它日余将求续集而观老笔焉。

## | 注释 |

① 刘圻父：宋人刘子寰，字圻父，号篁嵂翁，建阳（今属福建）人。宁宗嘉定十年（1217）进士。从朱熹受学。官至观文殿学士。著有《篁嵂集》，已佚。

② 幅尺：尺度，分寸。

③ 麻沙：福建建阳麻沙镇，盛产质地松柔、易于雕版的榕树等木材，自南宋至明，该地书籍刻印业极为发达，所印书籍畅行全国。

④ 孔鸾：孔雀和鸾鸟。汉司马相如《子虚赋》："其上则有鹓雏孔鸾。"李善注引张揖曰："孔，孔雀也；鸾，鸾鸟也。"后常用"孔鸾"比喻美好而高贵者。

⑤ 鲲鹏：传说中能变化的大鱼和大鸟。语出《庄子·逍遥游》："北冥有鱼，其名为鲲；鲲之大，不知其几千里也。化而为鸟，其名为鹏；鹏之背，不知其几千里也。怒而飞，其翼若垂天之云。"常比喻至大之物。

⑥ 挈（jiū）敛：收敛。

⑦ 矧（shěn）：本作"哦"，何况、况且之意。《诗经·小

雅·伐木》："相彼鸟矣，犹求友声；矧伊人矣，不求友生。"

⑧ 蝉冕：犹蝉冠，诗词中客称近侍之官，后泛指贵官。晋潘岳《秋兴赋序》："珥蝉冕而袭纨绮之士，此焉游处。"

⑨ 文以气为主：语出魏曹丕《典论·论文》："文以气为主，气之清浊有体，不可力强而致。"

⑩ 鲍昭：即鲍照，字明远，南朝宋东海（今山东临沂）人。工诗文。临海王刘子顼镇荆州，为前军参军，故世称鲍参军。江陵乱，死于乱军中。鲍照诗文辞赡逸遒丽，以七言歌行为长。

⑪ 江淹：字文通，南朝梁济阳考城（今属河南）人。官至金紫光禄大夫，受封醴陵侯。以文章见称于世，以《恨赋》《别赋》最著名。晚年才思衰退，时人谓之"江郎才尽"。

⑫ 子美夔州：杜甫在夔州安享晚年，这里借指杜甫晚年。

⑬ 介甫钟山：王安石晚年罢相后就隐居在南京钟山，这里借指王安石晚年。


| 赏读 |

本文是刘克庄为刘子寰诗集所作的序文。

刘子寰早年从朱熹受学，能诗文。同代文人黄昇曾说，刘子寰的词比之于诗"更上一层"。清四库馆臣们对他的评价是："精深骚雅之作，亦时时见之。"遗憾的是，由于刘子寰的作品大都散佚，其诗歌特色，我们也仅能从后村的这篇诗序中寻窥一二。

刘克庄曾在宝庆元年至绍定元年（1225—1228）为建阳令，其间二人结为诗友。刘子寰曾作《洞仙歌·寄刘令君潜夫》一词以赠后村。后村读罢，感叹刘子寰的诗歌能融合各家，且自成一格，与其年轻时期的锐意和躁动不同，反而多了一份平和与冲澹。同一位文人在不同年龄阶段的创作风格各有不同，是中国文学史中非常普遍的现象，大多数文人都属于"少锐老惰"。常言道"江郎才尽"，后村以为，江淹并非才尽，而是文人个体之"气"产生惰态。再试想，杜甫和王安石的晚年创作，难道也能用"老惰"形容吗？杜甫著名的《秋兴八首》，便是他晚年寓居夔州时所创作。在这组诗歌中，杜甫将自己年老体衰、深秋悲凉、国家命运交织在一起，更具"沉郁顿挫"的风格特色。王安石晚年隐居南京钟山期间创作了一百多篇诗歌作品，可谓老而益壮。刘子寰年轻时就能写出冲澹平和的作品，故后村推断，刘子寰老年的作品应该会出现意想不到的转变，愿与读者拭目以待。

# 陈敬叟<sup>①</sup>集序

宝庆初元<sup>②</sup>，余有民社<sup>③</sup>之寄，平生嗜好一切禁止，专习为吏。勤苦三年，邑无阙事<sup>④</sup>，而余成俗人矣。然少走四方，狂名已出，邑中骚人墨客如陈敬叟、刘圻父、游季仙<sup>⑤</sup>辈往往辱<sup>⑥</sup>与之游。主人诗律久废，不复有一字，常命少史设笔砚，观众宾赋永以为乐。尝评诸人之作：圻父得之夷淡<sup>⑦</sup>而失之槁干<sup>⑧</sup>，季仙得之深密而失之迟晦<sup>⑨</sup>，惟敬叟才气清拔，力量宏放，险夷浓淡，深浅密疏，各极其态，不主一体。至其为人，旷达如列御寇<sup>⑩</sup>、庄周<sup>⑪</sup>；饮酒如阮嗣宗、李太白<sup>⑫</sup>；笔札如谷子云<sup>⑬</sup>；行草篆隶如张颠<sup>⑭</sup>、李潮<sup>⑮</sup>；乐府如温飞卿、韩致光<sup>⑯</sup>。余每叹其所长，非复一事。

既解铜墨<sup>⑰</sup>，归卧山中五六年，溪上故人独敬叟书问不绝，其交谊又过人如此。一旦缄其稿来，曰："为我序之。"嗟夫！余何足以知君哉？追念昔者会集，诸君锐甚，颇哀余衰，犹能旗鼓助噪其旁。今志气销磨，由衰至竭。敬叟未知其然，顾方援麈⑱挑战，余远避之。悲伤感慨，殆如伏波曳足⑲土室中矣。嗟夫！余何足以序君哉！

敬叟名以庄，谷城黄子厚⑳之甥，故其诗相似云。

## ｜注释｜

① 陈敬叟：宋人陈以庄，字敬叟，号月溪，建宁建安（今属福建）人。以词擅名。著有《月溪集》。

② 宝庆：宋理宗年号，1225—1227 年。

③ 民社：指州、县等地方，这里指地方长官。

④ 阙事：失误的事，有过失的事。

⑤ 游季仙：宋人游彬，字淑文，兴化军仙游（今属福建）人。工于词赋，教授为生。端平二年（1235）特奏名进士，官至真阳县主簿。

⑥ 辱：谦词，指各位友人枉顾。

⑦ 夷淡：性情平和淡泊，这里指作诗风格平淡。

⑧ 槁干：枯干。

⑨ 迟晦：文笔缓慢而晦涩。

⑩ 列御寇：即列子，战国时期郑国人，主张无为，道家代

表人物。

⑪ 庄周：即庄子。

⑫ 阮嗣宗、李太白：晋阮籍、唐李白，两人皆善饮酒。

⑬ 谷子云：汉人谷永，字子云，京兆长安（今属陕西）人。累迁光禄大夫给事中，擅笔札。

⑭ 张颠：唐张旭，字伯高，吴郡（今属江苏）人，官至金吾长史。工于书法，以草书闻名。《旧唐书·文苑列传》载："时有吴郡张旭，亦与知章相善。旭善草书，而好酒，每醉后号呼狂走，索笔挥洒，变化无穷，若有神助，时人号为'张颠'。"

⑮ 李潮：唐人，杜甫之甥，擅长八分书和小篆。杜甫《李潮八分小篆歌》："惜哉李蔡不复得，吾甥李潮下笔亲。尚书韩择木，骑曹蔡有邻，开元以来数八分，潮也奄有二子成三人。况潮小篆逼秦相，快剑长戟森相向。八分一字直百金，蛟龙盘拏肉屈强。"

⑯ 温飞卿、韩致光：唐温庭筠与韩偓，两人皆善词。

⑰ 铜墨：铜印墨绶。《汉书·乌孙国传》："（段会宗）责大禄、大吏、大监以雌栗靡见杀状，夺金印紫绶，更与铜墨云。"按：汉制，凡吏秩比二千石以上，皆银印青绶。六百石以上，皆铜印黑绶。二百石以上，皆铜印黄绶。县令，秩千石至六百石，当为铜印黑绶。黑绶即墨绶。后世因以"铜墨"借指县令。

⑱ 援麾：执旗帜。

⑲ 伏波曳足：伏波，汉将军名号，西汉路博德、东汉马援

都被敕封为伏波将军。曳足，拖着足。典出《后汉书·马援传》："会暑甚，士卒多疫死，援亦中病，遂困，乃穿岸为室，以避炎气。贼每升险鼓噪，援辄曳足以观之，左右哀其壮意，莫不为之流涕。"后常用为英勇将领的典实。

⑳ 黄子厚：即宋人黄铢，字子厚，号谷城。建州建安（今属福建）人。少师事刘子翚，与朱熹为同门友。因科举失意，隐居不仕。著有《谷城集》五卷。

| 赏读 |

这是绍定六年（1233），四十七岁的刘克庄为好友陈以庄诗集所作的序文。

刘克庄与陈以庄交往甚密，两人经常书信、诗词往来，后村非常赞赏陈以庄的为人。他认为，陈以庄为人似庄子、列子一般洒脱闲适、不受拘束，其书法作品、文学作品中充满了险夷、浓淡、深浅、密疏等风格。各种事物都有其优胜之处，各种风格也因人而各尽其美。因此，唯有各擅其美，宽容通达，才能创作出经典佳作。

不过，我们需要注意的是，虽然后村强调一个人可以擅长多种风格，但他最为看重的却是宏放雄健的风格。其实宋人普遍推崇雄健的风格，我们可以从后村之前的欧阳修、张表臣、陈善等人的诗论中窥见一二。因此，后村对于陈以庄诗歌的强劲雄浑之风，给予了极高的评价。

刘克庄、陈以庄二人互为好友，于沉寂之时相互砥砺。后村曾作《生查子》一阕：

繁灯夺霁华，戏鼓侵明发。物色旧时同，情味中年别。

浅画镜中眉，深拜楼西月。人散市声收，渐入愁时节。

这是后村在元宵佳节观灯戏友感怀之作。上阕写的是元宵夜晚灯火通明的繁盛景象，下阕写的是陈以庄夫妻二人画眉拜月的场景。整首词以繁华盛景反衬人生易老，层次分明，含蓄而充满余味。

近岁诗人，惟赵章泉①五言有陶②、阮③意，赵蹈中④能为韦⑤体。如永嘉诗人⑥，极力驰骤，才望见贾岛、姚合之籓而已。余诗亦然。十年前，始自厌之，欲息唐律，专造古体。赵南塘⑦不谓然，其说曰："言意深浅，存人胸怀，不系体格。若气象广大，虽唐律不害为黄钟、大吕⑧，否则手操云和⑨，而惊飚骇电，犹隐隐弦拨间也。"余感其言而止。

亡友翁应叟⑩，尤工律诗，集中古体，不一二见，无乃与余同病乎？然观其送人去国之章，有山人处士疏直之气；伤时闻警之作，有忠臣孝子微婉之义；感知怀友之什，有侠客节士生死不相背负之意。处穷而耻势利之合，无责而任善类之忧。其言多有益世教，凡敖慢亵狎、闺情春思之类，无一字一句及之。是岂可以律诗而概⑪少⑫之耶？盖应叟晚为洛学⑬，客游所至，必交其善士，尤为西山真公⑭所知，其诗有自来矣。既殁数年，子元孺，始请余序其集。

夫作诗难，序诗尤难。《小序》⑮最古，最受攻，至朱文公⑯始尽扫而去之，而《诗》之义自见。诗之显晦，不在乎序之有无也决⑰矣。嗟乎！作诗者何人欤？《鸱鸮》《七月》，周公⑱也；《棠棣》，召穆公⑲也；《颂》，史克⑳也；《祈招》，祭公谋父㉑也；《黍离》，大夫也。皆古之圣贤也！谓《小序》不足以知古圣贤之意，则有之矣；至于寺人伤谗㉒，女子自誓㉓，《蟋蟀》㉔讥俭，《硕鼠》㉕况贪，与其他比兴风㉖刺，往往出于小夫贱隶之口，涂㉗之人犹知之，而况子夏㉘孔门之高弟，卫宏㉙汉世之名儒乎？以高弟、名儒之学问，而有不能通匹夫匹妇㉚之情性，若余者，其敢自谓知朋友之意乎？虽然，交游三十年，一死一生，问其人则曰"未详也"，问其诗则曰"未达也"，其又可乎？乃述所见于篇首，顾予文未必能重应叟之诗，应叟之诗或足以重余文也。

应叟名定，别字安然，瓜圃其自号云。

| 注释 |

① 赵章泉：宋诗人赵蕃，字昌父，号章泉，祖籍郑州，徙居信州玉山（今属江西）。赵旸之孙，以荫入仕。为太和主簿，以诗受知于杨万里，以直秘阁致仕。曾问学于朱熹，工于诗，与周必大唱酬颇多。卒谥文节。著有《乾道稿》《章泉稿》等。

② 陶：东晋诗人陶潜。

③ 阮：三国魏诗人阮籍，字嗣宗。

④ 赵蹈中：宋人赵汝谠，字蹈中，号懒庵，祖籍大梁（今属河南），迁居余杭。汝谈弟，叶适门人。以祖荫补承务郎，荐为监左藏库。著有《懒庵集》，已佚。

⑤ 韦：唐诗人韦应物，京兆（今属陕西）人。先后为江州、苏州刺史，世称"韦江州"或"韦苏州"。性行高洁，诗如其人，闲澹简远似陶潜，世称"陶、韦"。

⑥ 永嘉诗人：南宋时期永嘉（今属浙江）诗人，多模仿唐代诗人贾岛、姚合的诗歌风格，题材琐屑，风格纤弱。

⑦ 赵南塘：宋人赵汝谈，字履常，号南塘，余杭人。太宗八世孙。孝宗淳熙十一年（1184）进士，官终刑部尚书。著有《南塘集》，已佚。

⑧ 黄钟、大吕：黄钟是我国古代音韵十二律中六种阳律的第一律。大吕是十二律中六种阴律的第四律。《列子·杨朱》："黄钟大吕不可从烦奏之舞。何则？其音疏也。"常连用以形容音乐或文辞庄严正大、和谐和高妙。

⑨ 云和：琴、瑟、琵琶等弦乐器的统称。

⑩ 翁应叟：宋人翁定，字应叟，一字安然，号瓜圃，建安（今属福建）人。工律诗，与真德秀、刘克庄友。晚为洛学。

⑪ 概：概括。

⑫ 少：轻视。

⑬ 洛学：宋儒程颢、程颐都是洛阳人，后人便称其学派为洛学。

⑭ 西山真公：宋人真德秀，字景元，后改希元，号西山。建州蒲城（今属福建）人。宁宗庆元五年（1199）进士，官至参知政事。其学以朱熹为宗，著有《大学衍义》《文章正宗》《西山文集》等。

⑮《小序》:《毛诗》有大序、小序，合称《毛诗序》。大序是全书之序，小序则是每篇诗的开头，用于解释主题。如"《关雎》，后妃之德也"至"用之邦国焉"是《关雎》的小序。自"风，风也"至末尾，是大序。小序作者，异说甚多，因此作者方言"最受攻"。

⑯ 朱文公：宋人朱熹，字元晦，一字仲晦，号晦庵，晚号遁翁、晦翁，徽州婺源（今属江西）人。晚年徙居建阳考亭，又主讲紫阳书院，故亦别称考亭、紫阳。曾任秘阁修撰等职，历仕四朝，而在朝不满四十日。朱熹为程颐三传弟子李侗的学生，继承和发展二程理气关系的学说，后世并称"程、朱"。朱熹疑古文《尚书》之伪，不信《诗序》，多有新解。

⑰ 决：决定。

⑱ 周公：即姬旦，周文王之子，周武王之弟。辅助武王灭纣，建周王朝，封于鲁。武王死，成王年幼，周公摄政。周代的礼乐制度相传都是周公所制订。

⑲ 召穆公：即召虎，召公奭的后代。周宣王时，淮夷不服，

宣王命召虎领兵出征，平定淮夷。

⑳ 史克：春秋时鲁国大夫，宣公时任太史，名里革。

㉑ 祭公谋父：西周人，周公旦孙，穆王之卿士，祭国君，名谋父。穆王将伐犬戎，祭公谋父谏，以为先王"耀德不观兵"，作《祈招》之诗。王不听。

㉒ 寺人伤谗：寺人，宫中近侍。寺人孟子作《诗经·小雅·巷伯》，指斥谗佞之人。

㉓ 女子自誓：指《诗经·召南·行露》。此诗赞颂了女子以礼自守，而不为强暴者所污。

㉔《蟋蟀》:《诗经·唐风》篇名。此诗讽刺俭而不合于礼。

㉕《硕鼠》:《诗经·魏风》篇名。此诗揭露剥削阶级对人民的压榨。

㉖ 风：同"讽"。

㉗ 涂：同"途"。

㉘ 子夏：卜商，字子夏，春秋卫国人。孔子弟子。相传孔子死后，曾讲学于西河，序《诗》传《易》，为魏文侯师。郑玄认为，《诗序》是子夏所作。

㉙ 卫宏：字敬仲，东汉东海（今属江苏）人，初从谢曼卿受《毛诗》，后从杜林受《古文尚书》。累官至给事中。三国吴郡人陆机最早提出，《毛诗序》是卫宏所作。

㉚ 匹夫匹妇：泛指普通百姓。

这是刘克庄为好友翁定诗集所作的序文。

翁定是后村相交三十余年的诗友，二人在福建时便交游甚密。后来，两人离别时后村作诗送别：

> 偶送诗人共宿山，拥炉吹烛听潺湲。
>
> 已修茗事将安枕，因看梅花复启关。
>
> 崖色无苔通涧底，月光如练抹林间。
>
> 平生所历同邮寄，独到庵中不忍还。

后村将两人相交甚欢之后不忍离别的情态，融入大自然的美景之中，以美景反衬离情别绪。二人阔别十七年后再次重逢，却仿佛见到了陌生人一般。这种感触并非夸张的手法，而是真实地再现了两人经过岁月的沉淀之后，由意气风发的少年郎转变为须鬓萧疏的垂垂老者，这是岁月带给二人身体和容貌的改变，也是两人心态的一种呈现。阴阳两隔后，为诗友诗集序文，令后村尤为感慨万千。因而这篇诗序中，终有一丝悲凉的情绪贯穿始终。

后村还论及序诗与作诗的难易之别。序诗之难，不仅仅在于要点出诗歌的意义，还要挖掘诗歌的显晦意旨。不过，后村还是有些许遗憾，二人本就相聚时间有限，如今又阴阳相隔，后村虽然无法将翁定的诗歌明白无误地解读出来，但是可以肯定，翁定的诗歌中没有一字一句涉及"敖慢亵狎、闺情春思"，是对《诗经》所确立的诗歌强调政治和道德教化的继承。这是后村关注社会道德伦理思想"切于世教"的最好诠释。

# 石塘闲话序

　　六纪百诗，寒斋①所著，总曰《石塘闲话》。盖大藏②五千余轴，传灯③千七百人，精英骨髓，尽在是矣。然佛学起于六经④诸子⑤之后，其说奇特，孤行于天地间，有何不可？至李习之⑥、柳子厚⑦，稍引《易》《论语》《庄》《列》之书以印证之，此乃儒者不能自守，求附于佛；非佛之不能自立，求助于儒也。余闻佛之妙在于离言语处，拈花⑧面壁⑨，岂有句义可诠注哉？其后话头⑩百千，则语录⑪五车⑫，亦大繁矣。夫方书⑬不为扁鹊⑭设，图诀⑮不为弈秋⑯设。泥方，凡医也；按图，低棋也。善读寒斋书者，更高著眼目。

① 寒斋：即林公遇。

② 大藏：指《大藏经》，是汉文佛教经典的总称，后泛指一切文种的佛典丛书。

③ 传灯：佛家指传法。据称佛法犹如明灯，可破除迷暗。唐崔颢《赠怀一上人》："传灯遍都邑，杖锡游王公。"

④ 六经:《诗》《书》《礼》《乐》《易》《春秋》。

⑤ 诸子：先秦百家之书。

⑥ 李习之：指唐李翱，字习之。始从韩愈为文章，辞致浑厚，名重一时。著有《李文公集》。

⑦ 柳子厚：即唐代诗人柳宗元。

⑧ 拈花：释迦牟尼在灵山会上拈花微笑，众人皆默然，独有迦叶尊者会心微笑。释迦牟尼说："吾友正法眼藏，涅槃妙心，实相无相，微妙法门，不立文字，教外别传，付嘱摩诃迦叶。"后以"拈花微笑"比喻心心相印。

⑨ 面壁：面对墙壁坐禅。本指禅宗始祖菩提达摩于北魏孝明帝时，在嵩山少林寺坐禅的方式。后泛指僧人坐禅。

⑩ 话头：佛教禅宗和尚用来启发问题的现成语句，往往拈取一句成语或古语加以参究。

⑪ 语录：唐朝以来，僧徒记录师语的文体，所用多口语。

⑫ 五车：指书很多，也指人的博学。

⑬ 方书：医书。

⑭ 扁鹊：战国时名医，创造切脉医术，精通内科、妇科、五官科、小儿科等。

⑮ 图诀：下棋的图和口诀。

⑯ 弈秋：古代擅长下棋之人。

## | 赏读 |

这是刘克庄为林公遇《石塘闲话》所作的序文。林公遇是刘克庄妻子林节的长兄，他博览群书，通晓古今，却无意于功名，修营精舍以居，匾额为"寒斋"，以此明志。他遁迹山水间二十余年，是宋代隐士的代表，刘克庄常以当世林和靖称许。

林公遇性格恬淡，不慕名利，一心向往超脱尘世的隐士生活。他喜欢研习佛教的书籍，广交寺院的僧侣，深得佛家之精髓。可以说，虽然寒斋没有遁入空门，却一直过着僧侣一般的生活。佛教的微妙精义往往在于人与人之间精神层面的相互契合，寒斋与佛家的渊源大致在于此，因此后村才说"善读寒斋书者，更高著眼目"，不必拘泥于繁复的文字与仪程，恬然自适即可。遗憾的是，《石塘闲话》已经佚失，我们无缘睹其全貌，不过由后村所写的序文可知，其应记载了不少当时僧人的事迹与言行，描绘了寒斋超然解脱的生活情境。

古人之诗，大篇短章皆工。后人不能皆工，始以一联一句擅名。顷赵紫芝②诸人尤尚五言律体，紫芝之言曰："一篇幸止有四十字，更增一字，吾末如之何③矣。"其□言如此。

以余所见，诗当由丰④而入约⑤，先约则不能丰矣；自广⑥而趋狭⑦，先狭则不能广矣。《鸱鸮》《七月》⑧，诗之□，皆极其节奏变态而能止，顾一切束以四十字□乎？

明翁诗兼众体，而又遍行吴、楚、百粤之地，眼力既高，笔力益放。卷中歌行跌宕顿挫，刽⑨蛟缚虎手也。及敛为五七言，则又妥帖丽密，若唐人锻炼⑩之作。订其品⑪，自元和⑫、大历⑬溯于建安、黄初⑭者也。

余旧闻明翁工诗之尤自珍閟，数出鄙语挑战，明翁终闭壁不出。及归后村⑮，明翁自番禺⑯钞新旧稿见寄。嗟乎！余幼交明翁，白首始见其诗，盖其深厚不事衒鬻<sup>⑰</sup>，立身行已皆然，不独于诗然也。余每自谓粗知明翁，今思昔之知明翁者浅矣。余知明翁，而明翁不轻示余如此，讵肯<sup>⑱</sup>为不知者出哉？

野谷，明翁别墅，余在郡日浅，未及往游而去。此一卷诗最佳，末《寄园丁》四十韵尤高妙。

## ｜注释｜

① 野谷：即宋人赵汝鐩，字明翁，号野谷，袁州宜春（今属江西）人。太宗八世孙。嘉泰二年（1202）进士，官至刑部郎中。著有《野谷诗稿》。

② 赵紫芝：即赵师秀，字紫芝，号灵秀，永嘉（今属浙江）人，太祖八世孙。"永嘉四灵"之一，著有《清苑斋集》。

③ 未如之何：没有办法。

④ 丰：丰富。

⑤ 约：简练。

⑥ 广：广阔。

⑦ 狭：狭细。

⑧《鸱鸮》《七月》：均为《诗经·豳风》中的作品，相传乃周公所作。

⑨ 刳（kū）：割断。

⑩ 锻炼：锤炼语言。

⑪ 品：风格。

⑫ 元和：唐宪宗李纯的年号，806—820 年。这里指元和年间白居易、元稹等人创作诗歌的风格。

⑬ 大历：唐代宗李豫的年号，766—779 年。这里指大历年间十才子等人的诗歌风格。

⑭ 建安、黄初：建安是东汉献帝刘协的年号，196—220 年；黄初是魏文帝曹丕的年号，220—226 年。这里指汉魏时期建安诗歌刚健苍凉的风格。

⑮ 后村：刘克庄晚年所居。

⑯ 番禺：县名，在今广州市南郊。

⑰ 衒鬻：炫耀卖弄。

⑱ 讵肯：岂肯。《后汉书·仲长统传》："彼之蔚蔚，皆匈詈腹诅，幸我之不成，而以奋其前志，讵肯用此为终死之分邪？"

## | 赏读 |

这是刘克庄为好友赵汝鐩诗稿所作的序文。

后村观赵汝鐩之诗，情韵深厚且瑰丽有致，具有唐韵；长篇歌行挥洒磊落，意象精巧奇妙，从而为当时诗坛弥漫的孱弱无力的格调注入了新鲜的血液。后村对当时诗坛局限于某一种格调的风潮进行了反思，提出了"转益多师""兼取众体"的作诗主张，即"大篇短章皆工"，长短各所其宜。后村也是江湖诗派的一员，江湖诗人们反对"资书以为诗""无一字无来历"的做法，然而在创作实践中，对唐末贾岛、姚合及其追随者所呈现的风格句法等仍有所沿袭，这大概与宋诗沿袭前人陈句佳篇的时代氛围有很大的关联。后村提倡学习《诗经》、建安、唐代等历代诗人所擅长的各种诗体，汲取其长处，滋养造就自己。

赵汝鐩是南宋时期江湖诗派的代表诗人，清曹庭栋在《宋百家诗存》中对他的诗歌评价道："其古体诗气雄笔健，远追太白，近接坡公；今体诗造境奇而命意新，与四灵分坛树帜，直欲更出一头地。"赵汝鐩不仅古体诗直追李白、苏轼，近体诗畅快流利，脱胎于四灵而更胜一筹，深受后村的称许。四灵之作，《四库全书总目提要》："四灵之诗，虽镂心钵肾，刻意雕琢，而取径太狭，终不免破碎尖酸之病。"我们从这篇序文中所引"四灵"之一的赵师秀之语，可以大致窥知四灵诗人及其追随者字斟句酌、苦吟推敲的作诗场景。赵汝鐩不仅挣脱了四灵家法的束缚，还十分推崇杨万里，时常抒写社会生活、地方山水风景，因而诗歌显得"畅快伶俐"，在江湖诗人中颇具灵气。

# 王南卿①集序

余发番禺②，送者系路③。秋暑犹在，宿醒未解，坐舟中如炊甑④。偶得顺风张帆，伸首蓬外，紫翠插空。舟人曰："罗浮山⑤也。"意稍舒豁。

明日，县尹王旦，携其先大夫⑥义丰公⑦遗文五卷示余，读之终编，涣然如甘露之蠲渴⑧，洒然如清泉之濯垢也，可谓能言之流矣。

盖公之言曰："文恶蹈袭，其妙在于能变，惟渊源者得之。"岂惟文哉，议论亦然。故公之诸文，变态无穷，不主一体，论事必□古今、据义理，不祖旧说。诗高处逼陵阳⑨、茶山⑩，四六⑪□□不减汪⑫、綦⑬，如《王景文集序》《醵文》⑭，虽欧公⑮于子美⑯、曼卿⑰不能加矣。谓《中兴颂》⑱异于仲尼讳鲁[19]之义，谓《归来辞》[20]作于刘裕[21]篡晋之先。世而同结而不敢异，誉潜[22]而失其实者，所未知也。

公襄敏[23]诸孙，常自称将种[24]。南宫[25]对策，乞都建业[26]；零陵[27]封事，论一马可赡五兵[28]，宜罢榷马；晚守濠梁，请复曹玮万田，修种世衡射法[29]，而仕止一麾[30]。朱文公[31]尝叹公之材略，己所不及，而不尽用，世必有任其责者。余读公之文，悲公之志，乃取文公之语冠之编端，以行于世，且以慰公之子焉。

公名阮，字南卿，义丰，所居山名。

## | 注释 |

① 王南卿：宋人王阮，字南卿，德安（今属江西）人。孝宗隆兴元年（1163）进士，调都昌主簿，移永州教授。知新昌县，后改知抚州。韩侂胄闻其名，特命入奏，遣客诱以美官，王阮对毕即出关，侂胄大怒，批旨予奉祠，于是归隐庐山。著有《义丰文集》。

② 番禺：县名，在今广州市南郊。

③ 系路：相继于路，络绎不绝。

④ 炊甑（zèng）：陶制蒸器。

⑤ 罗浮山：又称东樵山，在今广东增城、博罗、龙门交界处，长达百余公里，峰峦四百余，风景秀丽，为粤中名山。据《元和志》载，罗山之西有浮山，为蓬莱之一阜，浮海而至，与

罗山并体，故曰"罗浮"。山上有洞，道教列为第七洞天。

⑥ 先大夫：已过世且做过官的父亲。

⑦ 义丰公：即王阮。

⑧ 蠲（juān）渴：消除口渴。

⑨ 陵阳：宋人韩驹，字子苍，号陵阳先生，蜀仙井监（今属四川）人。早年从学苏辙。徽宗政和初，赐进士出身，除秘书省正字。累官著作郎、秘书少监，迁中书舍人兼修国史，擢权直学士院。诗歌似唐朝诗人储光羲。

⑩ 茶山：宋人曾几，字吉甫，号茶山居士。先世居于赣州（今属江西），徙居河南府。初入太学有声，授将仕郎，赐上舍出身。累除校书郎。因其兄曾开力斥和议，触怒秦桧，同被罢官，居上饶茶山寺七年。秦桧死，复官，累擢权礼部侍郎，以通奉大夫致仕。卒谥文清。为文纯正雅健，尤工诗。著有《茶山集》。

⑪ 四六：又称"四六文"，起于齐梁，至隋唐表、章、诏、诰，多以四字、六字为句对偶，后遂成为一种流行的文体，宋代以后往往代指骈文。

⑫ 汪：宋人汪藻，字彦章，饶州德兴（今属江西）人。崇宁二年（1103）进士。高宗时，任翰林学士，当时诏令多出其手。又上所修元符至宣和日历、实录六六五卷。升显谟阁学士，历知湖、徽、宣等州。工骈文。其诗初学江西派，后学苏轼。著有《浮溪集》。

⑬ 綦（qí）：宋人綦崇礼，字叔厚，高密（今属山东）人，

徙居潍州北海（今山东潍坊）。自幼聪颖，十岁能为邑人作墓铭。调淄县主簿，为太学正，迁博士，摄给事中。高宗南渡，授中书舍人，知漳、明州。累除翰林学士。所撰诏命数百，文简意明。著有《北海集》。

⑭ 酹（lèi）文：酹，以酒洒地表示祭奠。酹文便是祭文。

⑮ 欧公：宋人欧阳修。

⑯ 子美：宋人苏舜钦，字子美，绵州盐泉（今属四川）人。景祐元年（1034）进士，召为集贤校理，监进奏院，以祠神奏用故纸钱会客而除名。工于散文。诗歌奔放豪健，风格清新，与梅尧臣齐名。被贬逐，退居苏州，营作沧浪亭，自号"沧浪翁"。著有《苏学士文集》。

⑰ 曼卿：宋人石延年，字曼卿，宋城（今属河南）人。读书通大略，为文劲健，工诗善书，少以意气自豪，喜剧饮。与欧阳修为挚交。欧阳修曾作《祭石曼卿文》。

⑱《中兴颂》：汉刘苍曾作《光武受命中兴颂》，后世泛指歌功颂德之作。

⑲ 仲尼讳鲁：孔子曾作《春秋》，为鲁国避讳。

⑳《归来辞》：即晋陶潜所作《归去来辞》。

㉑ 刘裕：南朝刘宋武帝，本被封为晋公，后废晋帝，建立刘宋王朝。

㉒ 誉潜：称赞陶潜不仕晋、宋二朝，不做贰臣。

㉓ 襄敏：指王阮祖父王韶，字子纯，卒谥襄敏。

㉔ 将种：谓将门的后代。《史记·齐悼惠王世家》："臣，将种也，请得以军法行酒。"

㉕ 南宫：古称尚书省。南宫本为南方朱鸟列宿，汉代用它比拟尚书省。东汉郑弘为尚书令，取前后有关尚书省的政事，著为《南宫故事》。南齐丘仲孚为尚书右丞，也作《南宫故事》一百卷。后来又称礼部为南宫。王阮曾在礼部对策，故称。

㉖ 乞都建业：建业，今江苏南京市。这里指王阮曾上书迁都建业，因建业比当时的首都临安（今浙江杭州）更靠近江北，故便于恢复北方国土。

㉗ 零陵：故址在今湖南永州市城区。汉泉陵县地，东汉为零陵郡郡治，隋改为零陵，明清皆属永州府。王阮曾任永州教授，治所在零陵。

㉘ "论一马"句：王阮上书言罢，去吴、楚牧马，以节省费用养兵。

㉙ 种世衡射法：种世衡，字仲平，宋洛阳人。重气节，有才略。他曾监督、敦促官民练习射箭，有过失者，射中即释放或减罪；有要求者，射中则答应其要求。因此，官民皆精于射箭之法，外敌不敢来犯。

㉚ 一麾：麾，挥斥、排挤。南朝宋颜延之《五君咏·阮始平》："屡荐不入官，一麾乃出守。"后世指称京朝官出为外任。

㉛ 朱文公：即朱熹。

读者可能会疑惑，为什么为别人序诗，却在开篇写自己的经历？这显然与后村其他中规中矩的序文不同。

淳祐元年（1241），是刘克庄在广东转运使任上的最后一年。虽然后村在粤任职不过两年时间，他宽征节用、捐资置田以助民生，整饬军马、积聚钱粮以御外敌，颇有政绩，粤人曾"刻石纪之"。因此，后村离开广东之际，粤人纷纷前往渡口相送。接着，后村指出离粤时正值酷暑八月，舟中酷热难耐，见景色宜人的罗浮山，方心情舒畅豁达。舟至罗浮停留之际，县尹王旦携其父王阮诗集来见，请后村作序。后村极为认真地阅读阮诗之后，顿觉"涣然如甘露之蠲渴，洒然如清泉之濯垢"。

这篇序文除了在篇章结构方面别出心裁之外，于诗文理论方面则通过王阮之语，肯定了诗文"恶蹈袭，其妙在于能变"的思想。这种由刘勰《文心雕龙》"通变"思想衍化而来的求变思想，正是后村在诗歌创作中不惧权威、自出新意精神的集中体现。因此后村将王阮之语写于整编诗集之前，希望后学将这种思想发扬光大。

# 赵寺丞和陶诗序

自有诗人以来，惟阮嗣宗①、陶渊明自是一家，譬如景星庆云②，醴泉灵芝，虽天地间物，而天地亦不能使之常有也。然嗣宗跌荡③，弃礼矜法，傲犯世患，晚为《劝进表》④以求容，志行⑤扫地，反累其诗。渊明多引典训，居然名教⑥中人，终其身不践二姓⑦之庭，未尝谐世，而世故不能害。人物高胜，其诗遂独步千古。唐诗人最多，惟韦⑧、柳⑨得其遗意。李、杜⑩虽大家数，使为陶体，则不近矣。本朝名公者，或追和其作，极不过一二篇。坡公⑪以盖代之材，乃遍用其韵。今松轩赵侯，复尽和焉。出牧⑫吾州，袖⑬以教余。退而读之，见其掔敛⑭之中有开拓，简淡之内出奇伟，藏大功于朴，寄大辨于讷。容止音节，不辨其孰为优孟，孰为孙叔<sup>⑮</sup>也，可谓善学渊明者矣。

客难余曰："昔坡公和篇初出，颍滨<sup>⑯</sup>独云渊明不肯束带见督邮<sup>⑰</sup>。子瞻既辱于世<sup>⑱</sup>，欲以晚节自拟渊明，谁其信之？今吾子<sup>⑲</sup>推赵配陶，将毋与颍滨异耶？"余曰："坡公和陶于老大坎壈<sup>⑳</sup>之余，赵侯和陶于盛壮显融<sup>㉑</sup>之日。夫如是，则知贵其身而求乎内矣。贵其身者，必重名节。求乎内者，必轻外物。其去渊明何远之有？颍滨复出，不易吾言矣。"

# | 注释 |

① 阮嗣宗：三国魏诗人阮籍，生平事迹见《听雨堂记》注释⑨。

② 景星庆云：景星，也称瑞星、德星。古人尝道，景星出现于政治清明之时。《史记·天官书》："天精而见景星。景星者，德星也。其状无常，常出于有道之国。"庆云，五色云，祥瑞之云。两者连用常比喻祥瑞的事物或征兆。明方孝孺《御书赞》："惟天不言，以象示人，锡羡垂光，景星庆云。"

③ 跌荡：同"跌宕"，指行为放纵。

④《劝进表》：魏晋六朝时，篡位之人以"禅让""受禅"之名夺取政权。禅让"诏书"下达后，篡位之人常故作谦让，朝臣便上表歌功颂德，劝其即位。阮籍所作名为《为郑冲劝晋王笺》，

叶梦得在《避暑录话》中道："（阮籍）应为公卿作《劝进表》，若论于嵇康，自应杖死。"表示对阮籍此种行径的不满。

⑤ 志行：志向和操行。

⑥ 名教：以正名定分为中心的封建礼教，主要兴盛于魏晋时期。

⑦ 二姓：不同姓氏的两个王朝。传陶潜不仕刘、宋两朝，为晋持忠。

⑧ 韦：唐诗人韦应物，京兆（今属陕西）人，曾在玄宗时任三卫郎，安史之乱后失去官职，后历任滁州、江州和苏州刺史等，人称"韦江州"或"韦苏州"。性情高洁，诗歌似陶潜，闲澹简远。

⑨ 柳：唐诗人柳宗元。

⑩ 李、杜：唐诗人李白和杜甫。

⑪ 坡公：宋诗人苏轼，字子瞻，号东坡居士。

⑫ 牧：州官为牧，在此作动词，意为"管理"。

⑬ 袖：将和陶诗藏于袖中。《史记·魏公子传》："朱亥袖四十斤铁椎，椎杀晋鄙。"

⑭ 揫（jiū）敛：约束收敛。

⑮ 优孟、孙叔：优孟是春秋时期楚国的艺人，孙叔敖是春秋时期楚国令尹。相传孙叔敖去世后，他的儿子贫苦无依，优孟在庄王面前装扮成孙叔敖的样子，抵掌谈语。庄王很感动，孙叔敖之子遂得封。

⑯ 颍滨：即苏轼之弟苏辙，号颍滨遗老。

⑰ 束带见督邮：束带，指整饰衣冠，束紧衣带，表示恭敬。《晋书·陶潜传》："郡遣督邮至县，吏白应束带见之。潜叹曰：'我不能为五斗米折腰向乡里小人。'即日解印绶去职。赋《归去来》。"

⑱ 子瞻既辱于世：指苏轼因乌台诗案而入狱，后屡次贬谪边州。

⑲ 吾子：男子之间对对方的敬称，即客尊称刘克庄。

⑳ 坎壈（kǎn lǎn）：也作"坎廪"，不平貌，比喻遭遇不顺利。战国楚宋玉《九辩》："坎廪兮，贫士失职而志不平。"

㉑ 显融：显贵。

## 赏读

这是刘克庄为赵松轩的和陶诗集所作的序文。

陶渊明的诗歌在中国文学史上别具一格，自陶渊明的诗歌流传以来，很多诗人对陶诗中的闲适旨趣和淡雅风格赞叹不已，因此从南朝时期的江淹和鲍照开始，经唐朝再至宋朝，历代诗人们以次韵、从韵等形式创作了大量的和陶诗。

在宋代，和陶诗的兴盛，与苏轼的创作实践和成就是密不可分的。苏轼曾经在《书黄子思诗集后》中，将唐代的韦应物和柳宗元尊奉为李白、杜甫之后颇有成就的诗人，原因便在于韦、柳二人的诗歌风格古朴而淡雅，精美而富于蕴藉。这种貌似枯澹的作品，实际上却美不胜收。韦、柳二人能获得如此成就，与他们学习陶渊明的诗歌有着莫大的关联。因此，后村在这篇序文中，也延续了苏轼评价李白、杜甫、韦庄和柳宗元诗歌风格的定位，赞赏赵松轩的和陶诗"擎敛之中有开拓，简淡之内出奇伟。藏大功于朴，寄大辨于讷"，真正体现了陶诗冲澹平逸的审美内核。

除诗歌风格外，后村更看重人品与诗品的统一。虽然阮籍和陶渊明都是"自是一家"的天地间不能常有的诗人，但终究还是褒陶而抑阮。同为"竹林七贤"的阮籍和嵇康，嵇康不肯作《劝进表》，阮籍却写下了这篇令后人责难的文章。所以，品行修养的高下，成为刘克庄品评诗文的重要标准之一。刘克庄从赵松轩的和陶诗中看到了他"轻外物"的特质和情趣，赞赏他学得了陶诗的骨髓。

# 中兴①五七言绝句序

客问余曰："吕氏《文鉴》②起建隆③，迄宣、靖④，何也？"曰："炎、绍⑤而后，大家数⑥尤盛于汴都⑦，其人非朝廷之公卿即交游之祖父，并存则不胜记诵之繁，精练则未免遗落之恨，去取之际难哉。"客曰："子选本朝绝句，亦此意乎？"曰："固也。"客曰："昔人有言：唐文三变，诗亦然，故有盛唐、中唐、晚唐之体。晚唐且不可废，奈何详汴都而略江左⑧也？"余矍然起谢曰："君言有理。乃取中兴以后诸家五七言，各选百首。内五言最难工，前选⑨犹有未满人意者，此编则一一精善矣。

穷乡无借书处，所见少，所取狭，可恨惟此一条尔。至于江湖诸人，约而在下，姜夔、刘翰⑩、赵蕃、师秀⑪、徐照⑫之流，自当别选。"客曰："《文鉴》可并续乎？"余曰："以俟君子。"

## 注释

① 中兴：由衰落而重新兴盛，这里指南宋王朝。《宣和遗事》："在后高宗中兴，定都杭州，盖将前定之数，亦非偶然也。"

② 吕氏《文鉴》：吕氏，即南宋吕祖谦，字伯恭。其从祖父吕本中为"东莱先生"，故时人称其为"小东莱先生"。官至直秘阁著作郎，国史院编修。其学以关、洛为宗。初与朱熹同编《近思录》，后以争论《毛诗》不合，遂互相排斥。《文鉴》即吕祖谦所编《皇朝文鉴》，一百五十卷，选录了北宋时期的诗、赋、文二千五百余首（篇），收录作家二百余人。

③ 建隆：北宋太祖年号，960—963 年。

④ 宣、靖：宣，即宣和，为北宋徽宗年号，1119—1125 年。靖，即靖康，为世北宋钦宗年号，1126—1127 年。

⑤ 炎、绍：建炎、绍兴皆为南宋高宗年号，分别为 1127—1129 年，1129—1162 年。

⑥ 大家数：为人所崇尚的名家。

⑦ 汴都：即汴京，今河南开封市。

⑧ 江左：长江下游以东地区，今江苏省一带。古人叙地理，

以东为左，以西为右，故江东称"江左"，江西称"江右"。

⑨ 前选：刘克庄此前已编选有《本朝五七言绝句》。

⑩ 刘翰：字武子，长沙人，布衣诗人，著有《小山集》一卷。

⑪ 师秀：即赵师秀，字紫芝，号灵秀，永嘉（今浙江温州）人，太祖八世孙。"永嘉四灵"之一，著有《清苑斋集》。

⑫ 徐照：字道晖，永嘉（今属浙江）人，"永嘉四灵"之一，著有《芳兰轩集》。

## | 赏读 |

诗歌选本的出现，是文人诗学批评意识增强的重要表现之一。而在宋代，这种意识更为深刻地烙印在士子的身上，于是，便出现了为数众多的诗歌选本。刘克庄十分热衷于对宋代诗人的绝句进行编选，编选有《本朝五七言绝句》《中兴五七言绝句》《本朝绝句续选》《中兴绝句续选》等。这篇文章就是刘克庄为自己编选的《中兴五七言绝句》所作的序文。

宋代文人很有一种为当代代言的意识。宋人眼望唐诗这座无法逾越的高峰，不仅另辟蹊径开创了"词"这一新文体，还极度渴望在诗歌创作上有所建树。"中兴"二字，便集中凸显了南宋文人的复杂心态。"中兴"既是士人对北宋末年遭遇家国之难后政治清明的向往，又是对南宋诗坛能重振雄风的期许。

刘克庄在这篇序文中采取了主客问答的体式，对诗选编纂的缘起、内容、特色等进行了介绍。这种写作技巧是受到了汉代散文大赋的影响，如司马相如的《子虚赋》《上林赋》，便通过子虚、乌有、无是公之间的问与答，推演诸侯天子的苑囿之盛。虽然本文并非赋的体式，但是这种问答的结构模式因具有一定的辩论性质，既使文章更具层次性与逻辑性，又彰显出一定的趣味性，丰富了读者的阅读体验。

# 黄山谷① 诗序

山谷，豫章人。如潘阆②、魏野③，规规④晚唐格调，寸步不敢走也。作杨、刘⑤，则又专为昆体⑥，故优人有"挦扯义山"⑦之谑。苏⑧、梅⑨二子，稍变以平淡豪俊，而和之者尚寡。至六一⑩、坡公⑪，巍然为大家数，学者宗焉，然二公亦各极其天才笔力之所至而已，非必锻炼勤苦而成也。

豫章稍后出，会粹百家句律之长，究极历代体制之变，搜□□，穿穴⑫异闻，作为古、律⑬，自成一家。虽只字半句不轻出，遂为本朝诗家宗祖⑭，在禅学中比得达摩⑮，不易⑯之论也。其内集诗尤善，信乎其自编者。

顷见赵履常⑰极宗师之，近时诗人，惟赵得豫章之意，有绝似者。

## 注释

① 黄山谷：宋诗人黄庭坚，字鲁直，号山谷道人，洪州分宁（今属江西）人。因洪州属于古豫章郡，故人又称其为豫章人。治平四年（1067）进士。诗歌学杜甫，被称为江西诗派三祖之一。与秦观、张耒、晁补之游于苏轼之门，为"苏门四学士"。

② 潘阆：字梦空，号逍遥子，大名（今河北邯郸）人。太宗至道元年（995），赐进士及第，授国子博士。其诗清劲洒脱。著有《逍遥集》。

③ 魏野：字仲先，号草堂居士，陕州陕县（今属河南）人。自筑草堂，一生不仕。作诗精苦。著有《东观集》《草堂集》。

④ 规规：拘谨受限的样子。

⑤ 杨：宋人杨亿，子大年，建州浦城（今属福建）人，淳化三年（992）进士，真宗时任翰林学士，兼史馆修撰、判馆事。与刘筠、钱惟演等十七人互相唱和，其唱和之作结集成《西昆酬唱集》。十七人的诗歌创作在思想倾向和艺术风格上较为接近，故时称"西昆体"。刘：宋人刘筠，字子仪，大名人，真宗咸平元年（998）进士，授馆陶尉，官至翰林学士承旨兼龙图阁直学士。工诗，与杨亿合称"杨、刘"。

⑥ 昆体：即西昆体，杨亿、刘筠等人诗学李商隐，其唱和

之作结集为《西昆酬唱集》，故称。

⑦ 挦扯义山：挦扯，剥取。义山，唐诗人李商隐之字。西昆体诗人宗法李商隐，兼学唐彦谦。据刘攽《刘贡父诗话》载，优人有为李商隐者，衣服败蔽，与众人说："我为诸馆职挦扯至此。"后特指写作中割裂文义、剽窃词句。

⑧ 苏：宋诗人苏舜钦，字子美，梓州铜山（今属四川）人，景祐二年（1035）进士，曾任大理评事、集贤殿校理等。因支持范仲淹新政，被旧党罢职，闲居苏州，营作沧浪亭，自号"沧浪翁"。长于诗文，与梅尧臣齐名。著有《苏学士文集》。

⑨ 梅：宋诗人梅尧臣，字圣俞，宣州宣城（今属安徽）人，世称宛陵先生。仁宗时赐进士出身，官至尚书都官员外郎。工诗，与欧阳修、苏舜钦诗友。著有《宛陵集》等。

⑩ 六一：宋诗人欧阳修，字永叔，号六一居士，吉州庐陵（今属江西）人。天圣八年（1030）进士，官至枢密副使、参知政事。因与王安石政见不合，退居颍州，卒谥文忠。工于诗文，是宋初诗文革新的领袖。与宋祁合编《新唐书》，后人辑其作品为《欧阳文忠集》。

⑪ 坡公：即苏轼。

⑫ 穿穴：本意为打洞，这里指钻研。

⑬ 古、律：即古诗与律诗。

⑭ 诗家宗祖：宋人吕本中曾作《江西诗社宗派图》，将黄庭坚为首的诗歌流派称之为"江西诗派"，并提出诗派有"一祖三

宗"之说。杜甫为唐诗之冠，推为"一祖"。黄庭坚、陈师道、陈与义师法杜甫，推为"三宗"。

⑮ 达摩：中华禅宗初祖，本名菩提达摩，天竺高僧，于南朝时期进入中国。

⑯ 易：改变。

⑰ 赵履常：宋赵汝谈，字履常，号南塘。其生平详见《瓜圃集序》注释⑦。


## | 赏读 |

这是刘克庄为江西诗派领袖黄庭坚诗集所作的序文。

对中国文学史有一定了解者，必对江西诗派有所耳闻。江西流派是宋代诗歌史上颇具影响力、时间持续最长的诗歌流派，在文学史、诗歌史上占有重要的地位。诗歌在唐代已取得了辉煌的成就，面对唐诗这座难以逾越的高峰，宋代文人一方面将其看作丰富的文学遗产，另一方面又积极思考自身的诗歌之路。刘克庄这篇序文详细梳理了从潘阆到杨亿，从苏舜钦、梅尧臣到欧阳修、苏轼等宋代文人在诗歌道路上的艰辛探索。刘克庄认为，黄庭坚的诗歌创作集中体现了宋人另辟蹊径的创新精神。

很多人都会用昂扬乐观、雄豪奔放来形容唐代的时代精神，虽然唐代诗歌因为社会环境和时代背景的差异，经历了不同的发展阶段，但是其诗歌成就一直被后人津津乐道。黄庭坚的诗歌创作师法杜甫，衍伸出一系列的诗歌创作主张。比如"无一字无来处"，说的是要求作诗字字须有来历。又如"点铁成金""夺胎换骨"，说的是要在锤炼文字的基础上，创新诗歌作品的意象、意境等。此外，黄庭坚十分重视才学在诗歌创作中的重要作用，并追求一定的诗法。

黄庭坚的诗歌创作在当时和后世产生了重要的影响，很多人推崇他、仰慕他、学习他，从而形成了盛极一时的江西诗派。虽然在刘克庄生活的南宋晚期，江西诗派的创作理论和实践已经出现了很多的弊端，但是在这篇序文中，刘克庄仍从正面的角度赞扬了黄庭坚在江西诗派发展史上甚至是宋代诗歌史上的重要作用，颇具卓识。

古人不及见后世□，之偶然比兴<sup>①</sup>风<sup>②</sup>刺之作，至列于经。后人尽诵读古人书，而下语终不能仿佛<sup>③</sup>风人<sup>④</sup>之万一，余窃惑焉。或古诗出于情性，发必善；今诗出于记问<sup>⑤</sup>，博而已。自杜子美<sup>⑥</sup>未免此病，于是张籍、王建<sup>⑦</sup>辈稍束起书袋，划去繁缛，趋于切近。世喜其简便，竞起效颦，遂为晚唐体。益下，去古益远。岂非资<sup>⑧</sup>书以为诗，失之腐，捐书<sup>⑨</sup>以为诗，失之野欤？

怀安<sup>⑩</sup>韩君斗，袖其乃翁诗一编，越邑示余。凡春容<sup>⑪</sup>者、寂寥者皆合节奏，如《地震》《日蚀》《诘鼠》《厌虱》诸篇，其辞出入贯穿百家，虽袭旧体，各有新意，博而不腐，质而不野。以今人诗较之，盆盎中罍洗<sup>⑫</sup>也。

翁至死不下山，亦未尝出其稿。余得之惊喜。坐客有曰："赵章泉<sup>⑬</sup>诗逾万首，韩仲止<sup>⑭</sup>、巩仲至<sup>⑮</sup>几半之，至少者亦千首，翁尽平生所作才五十章，无乃太简乎？"余曰："诸艿<sup>⑯</sup>□千斤皆浮，惟沉，虽叶薄铢<sup>⑰</sup>轻者亦沉，以其重也。乌乎！翁诗不翅<sup>⑱</sup>足矣，奚以多为？"

闻翁穷经考古，所著非一书，余将求而观焉。斗亦苦学，笔力与翁上下，必能显扬翁者。

翁名永，字昭文。

## | 注释 |

① 比兴：比，是以彼物比此物。兴，是先言他物以引起所咏之辞。《诗经》六义中，"比"与"兴"并称，是《诗经》中重要的艺术创作手法。

② 风：同"讽"，讽刺。

③ 仿佛：同"彷佛""髣髴"等，大体相像的意思。汉司马相如《子虚赋》："缥乎忽忽，若神仙之仿佛。"

④ 风人：古代有采诗官，采四方风俗以观民风。后世称诗人为风人。

⑤ 记问：记诵诗书以待问或资谈助。宋欧阳修《蔡君山墓志铭》："天子以六科策天下士，而学者以记问应对为事，非古取士之意也。"

⑥ 杜子美：即唐杜甫，字子美。

⑦ 张籍、王建：张籍，字文昌，吴郡（今属江苏）人，工

诗歌，尤擅长乐府。王建，字仲初，颍川（今属河南）人，工乐府，曾作宫词百首，专门描写宫女生活。两人皆为中唐诗人，并称"张、王"。

⑧ 资：凭借，依托。

⑨ 捐书：废弃书籍而不读。《庄子·山木》："孔子曰：'敬闻命矣！'徐行翔佯而归，绝学捐书。"

⑩ 怀安：又为"淮安"，今福建福州西北。

⑪ 春容：用力撞击，本指钟声回荡相应，后人多引申为雍容畅达之意。《礼记·学记》："善待问者如撞钟……待其从容，然后尽其声。"郑玄注："从，读如富父春戈之春。春容，谓重撞击也。"

⑫ 罍洗：古代祭祀或进食前，用以清洁手的器皿。罍盛清水，用枓取水洁手，下承以洗。

⑬ 赵章泉：宋人赵蕃，字昌父，号章泉。

⑭ 韩仲止：宋人韩淲，字仲止，号涧泉，信州上饶（今属江西）人。与赵蕃（号章泉）齐名，时称"二泉"。

⑮ 巩仲至：宋人巩丰，字仲至，号栗斋，婺源武义（今属浙江）人。早年曾从学于吕祖谦，工诗，风格清朗。

⑯ 芗：一种可以调味的香草。

⑰ 叶薄铢：叶子比钱株还薄。

⑱ 不翅：同"不啻"，不但。《庄子·大宗师》："阴阳于人，不翅于父母。"

## | 赏读 |

本文是刘克庄为韩永诗集所作的序文。开篇便对当时诗坛出现的一些弊端进行了评述，"资书以为诗，失之腐"，应是指摘江西诗派要求作诗字字须有来历的做法，往往使诗歌陷入艰涩之境，缺乏韵味。而"捐书以为诗，失之野"，则是指摘以"永嘉四灵"为首的诗人，刻意学习贾岛、姚合诗风，导致诗歌内容贫乏的做法。对于古诗出于"情性"的肯定，是对时人以"理法"作为诗歌创作根本的批判。

刘克庄对当时诗坛的种种弊端进行批评的目的在于，打开诗歌创作的新局面，引导一个新时期的诗歌创作与批评。韩永、韩斗父子虽不显名于当世，但是他们的诗歌却能做到"博而不腐，质而不野"，自成一体，且更符合古代诗歌的传统，因而受到后村的推崇。

对于一个诗人诗歌作品数量与质量的探讨，颇能反映宋人的诗歌创作理念。诗歌发展至宋代，诗歌创作在数量上已远远赶超唐人，刘克庄曾在《题放翁像二首》中写道"三百篇寂寂久，九千首句句新"，以"九千首"代指陆游。刘克庄也是除了陆游之外，作诗数量最多的南宋诗人，赵藩、韩淲、巩丰等人的诗歌数量也相当可观。相比之下，韩永这般仅以五十首诗歌流传于世的诗人可谓"异类"。但后村认为，诗歌的数量与质量并非对等，不可单纯地追求诗歌的数量，而应关注诗歌质量的提升。

# 迂斋①标注古文序

汇众家文为一编，萧统②以前无是也，统合先秦、二汉、三国、六朝之作为三十卷。姚铉③专录唐文尔，乃至百卷。卷帙益多，文字益漓④。《选》《粹》之优劣，即统、铉之优劣也。

本朝文治虽盛，诸老先生率崇性理⑤，卑艺文。朱⑥主程⑦而抑苏⑧，吕氏《文鉴》⑨去取多朱氏意，水心叶氏⑩又谓"洛学⑪兴而文字坏"。二论相反，后学殆不知所适从矣。

迂斋标注者一百六十有八篇，千变万态，不主一体。有简质者，有葩丽者，有高虚者，有切实者，有峻厉者，有微婉者也。夫大匠⑫诲规矩而不诲巧，老将传兵法而不传妙，自昔学者病焉。至迂斋则逐章逐句，原其意脉⑬，发其秘藏⑭，与天下后世共之。惟其学之博、心之平，故所采掇，尊先秦而不陋汉、唐，尚欧、曾⑮而并取伊、洛⑯，矫诸儒相反之论，萃历代能言之作，可以扫去《粹》《选》，而与《文鉴》并行矣。

迂斋楼氏，名昉，字旸叔，以古文倡莆⑰东。经指授成进士名者甚众，其高第⑱为帝者师、天下宰，而迂斋已不及见。今大漕⑲宝谟匠监郑公次时，亦当时升堂入室⑳者也。既刊《标注》十卷，贻书余曰："子莆人也，非迂斋昔所下榻㉑设醴㉒者乎？其为我序此书。"余曰："谨受教。"

## | 注释 |

① 迂斋：宋人楼昉，字旸叔，号迂斋。绍熙四年（1193）进士，以朝奉郎守兴化军卒，追赠直龙图阁。曾受学于吕祖谦，为文博识，从其学者众多。

② 萧统：南朝梁武帝萧衍长子，名统，字德施。好文学，博览群书。曾招集文士编撰《文选》，选录先秦至梁以来的各体诗文，分三十七类三十卷。自序称，选文以"事出于沈思，义归乎翰藻"的文学作品为主，不选经、子、史之文。《昭明文选》是我国现存最早的诗文选集。

③ 姚铉：宋人，字宝之，庐州合肥人。太宗太平兴国八年（983）进士。颇善文辞，藏书甚富。与柳开、穆修等开启宋代

古文运动的先声。真宗大中祥符四年（1011），其以《文苑英华》为本，上承《文选》，选录唐代诗、文、歌、赋均取古体，不录骈体文和五七言律诗，共计一百卷，名为《唐文粹》。搜罗甚广，别择谨严，以求纠正五代诗文的流弊。清郭麐著有《文粹补遗》二十六卷。

④ 漓：薄。

⑤ 性理：指宋儒的性命理气之学。宋张方平《李少傅佚老亭》："天倪希柱史，性理问能公。"

⑥ 朱：指宋人朱熹。

⑦ 程：指宋人程颢、程颐。

⑧ 苏：指宋人苏轼。

⑨ 吕氏《文鉴》：即吕祖谦所编纂《皇朝文鉴》。见《中兴五七言绝句序》注释②。

⑩ 水心叶氏：指宋人叶适，字正则，温州永嘉（今属浙江）人，世称"水心先生"。主张功利之学，反对空谈性命，对朱熹学说提出批评，后世推为永嘉学派的巨擘。著有《水心文集》等。

⑪ 洛学：宋儒程颢、程颐都是洛阳人，后人便称其学派为洛学。

⑫ 大匠：本意指手艺高超的木工。后泛称专家、学者和技艺高超的人。

⑬ 意脉：文思的脉络。

⑭ 秘藏：比喻奥秘。唐杨炯《王勃集·序》："与夫发天地之秘藏，知鬼神之情状者，合其心矣。"

⑮ 欧、曾：指宋人欧阳修和曾巩。

⑯ 伊、洛：指宋人程颢、程颐。二程曾讲学于伊、洛之间，故称其学为伊、洛之学。

⑰ 莆：今福建莆田。

⑱ 高第：本指才优而品第高，后便称弟子成绩优良者为高第。

⑲ 大漕：宋代的转运使。

⑳ 升堂入室：典出《论语·先进》："由也升堂矣，未入于室也。"称人学问造诣精深为升堂入室，也可泛指弟子。

㉑ 下榻：接待宾客。据《后汉书·徐穉传》载，东汉陈蕃做豫章太守时，不接待来访宾客，只遇郡中名士徐穉来，特设一榻，徐穉一去就把榻挂起来。

㉒ 设醴：意为礼遇贤士。据《汉书·楚元王传》载，楚元王每置酒，常为穆生设醴。

| 赏读 |

古代的文人仕子由于受到儒家传统思想的影响，以修身、齐家、治国、平天下为毕生追求。科举制度实行之后，文人士子要想实现自己的政治理想，必须要经过科举考试。

北宋神宗时，形成了"皇帝与士大夫共治天下"的政治格局，文人成为宋代官僚政治体系中的重要组成部分，其在政坛上的地位远远高于历代文人。然而，文人仕子必须通过严苛的科举选拔才能走上仕途。因此，南宋时期，形成了重视举业时文、轻视诗文创作的时代氛围。古文不是科举取士的标准，学习古文在当时显得格格不入，这就形成了道学与古文之间的矛盾和对立。

本文中叶适所谓"洛学兴而文字坏"的论断，颇能反映宋人崇尚性理、卑贱艺文的心态。当然，宋代也有文人主张道学与艺文应取长补短，融会贯通。吕祖谦和楼昉师徒便是如此。

刘克庄这篇序文凸显出楼昉试图通过选取先贤时期的古文作品，调和道学性理与古文审美之间的矛盾和对立。因此，楼昉在选文时，既尊崇先秦，也不低估汉、唐；既崇尚欧阳修、曾巩等古文大家，也收录二程等人的文章。此外，刘克庄也为我们展示了《文选》以来的古文选本情况，系统梳理了晚宋之前古文选本的学术史，具有一定的学术价值。

吾家季子①《刻楮集》仅二百首，然皆超诣。短章稀句贤于他人巨篇累韵，其尤高者如岐山凤②，旷代一鸣，不常闻也。优钵昙花③，浩劫一开，不数见也。可谓有雅人之高致，极诗家之能事矣。

初，余由放翁④入，后喜诚斋⑤，又兼取东都⑥、南渡⑦、江西诸老⑧，上及于唐人大小家数，手钞口诵。季嗜好与余同，小窗残烛，讲之二十余年。余坐⑨驰骛⑩妨书课，应酬夺苦思，所作徒十倍于季，往往多而不能精，驳⑪而不能醇。岂非余之力分，季之功专，优劣所由判欤？

爱季者，皆惜其未脱白⑫。夫士以不降志辱身为难，马文渊⑬白首远征，病卧壶头⑭，愿为少游⑮，乘款段⑯下泽⑰出入乡里而不可得。何次道⑱既贵，劝幼道⑲仕，答曰："吾弟五⑳之名，何减骠骑㉑？"余之仕，功名未及文渊，官职未及次道万一，而一生蹈患难，丛㉒谤毁，愧初心而辱先训多矣。

季虽家遁，其植力高，气宇全，有德有言，自传于后。汉人所谓家之珍宝、国之英俊也。惜其不生于兴廉奉孝之世，羔雁㉓靡至，猿鹤㉔与游尔。订其人品，则少游、幼道之流也。岂以外物动其浩然哉？余所存者止于宝祐甲寅，他日新集出，当为后序。

季名克永，字子修。

## ｜注释｜

① 季子：少子，或者兄弟排行最小者。此处指刘克庄最小的弟弟刘克永，字子修。治学勤奋，但屡试不就，弃举居家。

② 岐山凤：《国语·周语上》："周之兴也，鸑鷟（yuè zhuó）鸣于岐山。"鸑鷟，是凤凰的别称。相传周文王祖父古公亶父为戎狄所逼，率领全族迁到岐山（今陕西岐山县东北），有凤鸣于此处，是吉祥之兆。

③ 优钵（bō）昙花：当为"优昙钵花"，即无花果树，是梵语的音译。无花果树的花隐藏在花托内，一开即敛，不易被人看到。佛教认为，优昙钵花开是佛的瑞应，故将其视为祥瑞之花。

④ 放翁：宋人陆游，字务观，号放翁，越州山阴（今浙江绍兴）人。孝宗时赐进士出身，除枢密院编修，后任建康、夔州等地通判。力主抗金，屡受排挤。工于诗词文，著有《剑南诗

稿》等。

⑤ 诚斋：宋杨万里，字廷秀，号诚斋，吉州吉水（今属江西）人。绍兴二十四年（1154）进士。其诗平易自然，清新活泼，自成一格，时称"诚斋体"。其与陆游、范成大、尤袤并称"南宋四大家"。著有《诚斋集》《诚斋诗话》等。

⑥ 东都：指北宋时期的诗人。

⑦ 南渡：指南宋前期的诗人。

⑧ 江西：指江西诗派的诗人。

⑨ 坐：因。

⑩ 驰骛：指奔走。屈原《离骚》："忽驰骛以追逐兮，非余心之所急。"

⑪ 驳：混杂。

⑫ 脱白：脱去白衣，指进入仕途。

⑬ 马文渊：指东汉大将马援，字文渊。光武帝时受封为伏波将军，以"马革裹尸"自誓。因平定交趾叛乱有功，被封为新息侯。章帝时追谥忠成。

⑭ 壶头：山名，在今湖南沅陵县东北。《辞海》："山头与东海方壶相似，因名壶头山。"东汉马援南征时，曾在此驻军。

⑮ 少游：马援从弟。

⑯ 款段：指迟缓前行的马匹。

⑰ 下泽：短轴之车。《后汉书·马援传》："吾从弟少游常哀吾慷慨多大志，曰：'士生一世，但取衣食足，乘下泽车，御款

段马，为郡掾史，守坟墓，乡里称善人，斯可矣。'"

⑱ 何次道：东晋何充，字次道，庐江灊（今安徽潜山）人。曾为宰相，卒谥文穆。

⑲ 幼道：何充弟何准，字幼道。

⑳ 弟五：何准在兄弟中排名第五。

㉑ 骠骑：将军名号，汉代以后，骠骑大将军位列三公之下。

㉒ 丛：聚集。

㉓ 羔雁：小羊和雁均是古代卿大夫相见时所执的礼品，这里借指做官。《礼记·曲礼下》："凡挚，天子鬯，诸侯圭，卿羔，大夫雁。"

㉔ 猿鹤：猿与鹤均是古代隐逸高雅之士喜欢养之物，这里借指归隐。

㉕ 宝祐甲寅：理宗宝祐二年，1254 年。


| 赏读 |


刘克庄的家乡在今福建省莆田市，北宋太平兴国四年（979），莆田属福建路兴化军，四年后成为州治所在。这里山清水秀、民风淳朴。福建因地处东南蛮荒之地，唐贞元八年（792），泉州欧阳詹考中进士，成为第一个具有全国影响力的闽地文人。自此以后，闽人开始向慕读书，闽地科举文教事业开始兴盛，而莆田也逐渐成为科举鼎盛、人才荟萃的地区。莆

田乌石刘氏家族是乌石山下九大姓氏之一，其尊儒好学的家风对后代产生了巨大影响。刘克庄的三个弟弟分别是克逊、克刚和克永，其中克逊、克永都有诗名，且均有作品集存世，这篇文章便是刘克庄为自己的幼弟克永诗集所作的序文。

作为刘氏家族长子的刘克庄，不仅仅是家族文学的领袖，还担负着对家族子弟的教导之责，他曾分别作《跋仲弟诗》《刻楮集序》，为自己兄弟的诗集呐喊助威。刘克庄的好友叶适和戴复古在对刘氏三兄弟的诗歌创作进行对比分析后，对他们之间的文学交流和手足之情赞不绝口。此外，后村在这篇诗序中描述了一个场景：克永与后村在诗歌意趣方面志同道合，两人秉烛读书，促膝畅谈诗词歌赋，一谈就是二十余年，这种切磋砥砺充满了温情，令人动容。

因此，刘克庄这篇序文既有对刘克永诗歌的公允评价，又对他将来的文学成就寄予愿望，更是乌石刘氏家族充满向心力和凝聚力的集中表现。

# 翁应星乐府序

曩余使江左，道崇安①，君袖诗谒余于逆旅②。余读而奇之，访其家世，君曰："浩堂③，吾兄也。"余叹息曰："君可谓难为弟矣。"别去一甲子④，不与君相闻，君忽贻书，抄所作长短句三十余阕寄余。其说亭鄣⑤堡戍间事，如荆卿之歌、渐离之筑⑥也；及为闺情春怨之语，如鲁女之啸⑦、文姬之弹⑧也。至于酒酣耳热、忧时愤世之作，又如阮籍、唐衢之哭⑨也。近世惟辛、陆⑩二公有此气魄，君其慕蔺⑪者欤！然长短句当使雪儿⑫、啭春莺⑬辈可歌，方是本色⑭。范蜀公⑮晚喜柳词⑯，以为善形容太平。伊川⑰见小晏⑱"梦魂惯得无拘检，又踏杨花过谢桥"⑲之句，笑曰："鬼语也。"噫，此老先生亦怜才耶？余谓君当参取柳、晏诸人以和其声，不但词进，而君亦自此官达矣。

## | 注释 |

① 崇安：县名，今属福建省武夷山市。

② 逆旅：指客舍、旅馆。《左传·僖公二年》："今虢为不道，保于逆旅，以侵敝邑之南鄙。"

③ 浩堂：宋人翁甫，字景山，号浩堂，建宁崇安（今属福建）人。理宗宝庆二年（1226）进士，累官至江西转运使、太府少卿。著有《浩堂类稿》，已佚。

④ 甲子："甲"是天干首位，"子"是地支首位，用干支依次相配，如甲子、乙丑，可得六十数，统称为六十年为一甲子。

⑤ 亭鄣（zhàng）：古代边塞要地设置的堡垒。《史记·大宛列传》："于是酒泉列亭鄣至玉门矣。"

⑥ 荆卿之歌、渐离之筑：意为慷慨悲歌。荆卿，战国卫国朝歌（今河南鹤壁）人荆轲，其受燕太子丹之命，至秦刺秦王。渐离，战国燕人高渐离，善于击筑。高渐离击筑，荆轲和而歌于燕市，为变徵之声，士人皆涕泣。《史记·刺客列传》："太子及宾客知其事者，皆白衣冠以送之。至易水之上，既祖，取道，高渐离击筑，荆轲和而歌，为变徵之声，士皆垂泪涕泣。又前而为歌曰：'风萧萧兮易水寒，壮士一去兮不复还！'复为慷慨羽声，士皆瞋目，发尽上指冠。于是荆轲遂就车而去，终已不顾。"

⑦ 鲁女之啸：相传为春秋鲁国穆公时，漆室邑未嫁之女。

据汉刘向《列女传·鲁漆室女》载，这位女子曾倚柱而悲啸，邻人妇以为她思嫁而啸，而此女答曰："今鲁君老悖，太子少愚，愚伪日起。夫鲁国有患者，君臣父子皆被其辱，祸及众庶，妇人独安所避乎？吾甚忧之。"后世便以"鲁女忧葵"比喻思嫁，或是担忧国事。

⑧ 文姬之弹：文姬，指东汉蔡邕之女蔡琰，尤精于音律。中原大乱时被匈奴左贤王虏获，十二年后被曹操用金璧赎回。据传，其在匈奴时常常夜晚鼓琴。《隋书·经籍志》著录有《蔡文姬集》一卷，已佚，仅有《悲愤诗》《胡笳十八拍》流传于世。

⑨ 唐衢之哭：唐衢，唐中叶诗人，与白居易交游。见人文章有所伤叹者，读后必哭，涕泗不已。曾游于太原，在宴席上酒酣言事，高声痛哭，故世称唐衢善哭。

⑩ 辛、陆：即南宋词人辛弃疾和陆游。

⑪ 慕蔺：据《史记·司马相如传》载，汉司马相如因崇慕蔺相如为人，故更名相如。后因称慕贤为慕蔺。

⑫ 雪儿：隋末李密的爱姬，能歌善舞，李密每见幕僚有奇丽文章者，便让雪儿叶音律而歌。后泛指家妓。

⑬ 啭春莺：北宋驸马王诜的歌姬。王诜获罪外谪时，其亦辗转他乡。

⑭ 本色：本行，本业。

⑮ 范蜀公：宋人范镇，字景仁，华阳（今四川成都）人。仁宗时知谏院，以直言敢谏闻名。后为翰林学士，累封蜀郡公。

⑯ 柳词：即柳永之词。

⑰ 伊川：南宋理学家程颐，因居临洛阳伊川，故世称"伊川先生"。

⑱ 小晏：北宋词人晏几道。

⑲ "梦魂"句：出自晏几道《鹧鸪天》一阕。

## | 赏读 |

这是刘克庄在宝祐四年（1256）为翁甫之弟翁应星词集所作的序文，是考察后村词学思想的重要文章。

对刘克庄或者南宋词坛有所了解的读者一提起刘克庄，首先映入脑海的便是"辛派词人"。辛派词人是指南宋时期，深受辛弃疾词风影响而形成的一个诗词流派。其代表人物有：陈亮、刘过、刘克庄、刘辰翁等。虽然刘克庄的整体创作取向趋同于辛弃疾的豪迈词风，但是就这篇词序而言，却让我们看到了不一样的刘克庄。

刘克庄认为，翁应星的诗词中不仅有辛弃疾、陆游等人慷慨激昂的感染力，还有柳永、晏几道等人哀怨忧愤的风格。这种多样化风格的创作，充分体现出翁应星对各种词风的兼收并蓄。在南宋国家、民族处于水深火热的情况下，辛弃疾、陆游、岳飞等抗金英雄所创作的慷慨雄浑、荡漾着爱国激情的词作固然是时代最强音，但是在后村看来，柳永、晏几道等人所创作的窈眇宜人的、凸显词之本色当行的作品也是必不可少的。因此，后村才会建议翁氏学习柳、晏词风。既重视豪迈风格，又不失婉约之本色，充分体现出后村词学观的通达和包容。

# 听蛙①诗序

十年前，翁示诗一编，纯唐律也。余跋以二首，有"放开只眼饶初租"之句。晚又得其别集，凡五十余首，皆大篇险韵。余始悟前编如壶邱子以杜德机示季咸②，如韩退之匿麿幢不使张籍见者③然。后悔余知翁之未尽也。

近时小家数，不过点对风月花鸟，脱换前人别情闺思，以为天下之美在是。然力量轻、边幅④窄，万人一律。翁独以胸中万卷融化为诗，于古今治乱，南北离合，世道否泰⑤，君子小人胜负之际，皆考验而施衮斧⑥焉。山泽而抱廊庙⑦之志者也，藜藿⑧而任肉食⑨之忧者也。里中后生小子，莫知翁为何人。惟亡友王卿实⑩之尤敬重。自实之仙去，翁唱和几息。悲夫！鲲鲸吞吸与鼠殊量，龙象蹴踏非驴所堪。孰能起实之于九泉而与翁游哉！

# ｜注释｜

① 听蛙：宋人方审权，字立之，号听蛙。兴化军莆田（今属福建）人。家富藏书，隐居不仕。著有《听蛙集》，已佚。

② 壶邱子以杜德机示季咸：壶邱子，庄子笔下的寓言人物。季咸，传说中的古代神巫名。杜德机，谓闭塞生机。事见《庄子·应帝王》："郑有神巫曰季咸，知人之死生存亡，祸福寿夭，期以岁月旬日，若神。郑人见之，皆弃而走。……列子与之见壶子。出而谓列子曰：'嘻！子之先生死矣！弗活矣！不以旬数矣。吾见怪焉，见湿灰焉。'列子入，泣涕沾襟，以告壶子。壶子曰：'乡吾示之以地文，萌乎不震不正。是殆见吾杜德机也。'"

③ 韩退之匿麾幢不使张籍见者：韩退之，唐朝诗人韩愈，字退之。张籍，唐朝诗人。匿麾幢，藏起官员出行仪仗中的旗帜。韩愈曾作《病中赠张十八》："籍也处闾里，抱能未施邦。文章自娱戏，金石日击撞。……吾欲盈其气，不令见麾幢。"

④ 边幅：诗文所反映的社会生活的广度与深度。

⑤ 否泰：《周易》六十四卦卦名。《否》是不交闭塞，《泰》是万物亨通，后常以指世事之盛衰。

⑥ 衮斧：古代赐衮衣以示嘉奖，给斧钺以示惩罚，二字连用泛指褒贬。

⑦ 廊庙：朝廷。《后汉书·申屠刚传》："廊庙之计，既不豫

定，动军发众，又不深料。"李贤注："廊，殿下屋也；庙，太庙也。国事必先谋于廊庙之所也。"

⑧ 藜藿：粗劣的饭菜。这里泛指贫贱之士。南朝梁江淹《效阮公诗》之十一："藜藿应见弃，势位乃为亲。"

⑨ 肉食：泛指高官厚禄之人。

⑩ 王卿实之：宋人王迈，字实之，一作贯之，号臞轩，兴化军仙游（今属福建）人。宁宗嘉定十年（1217）进士。历任潭州观察推官、浙西安抚司干官、秘书省正字等。著有《臞轩集》十六卷。

## | 赏读 |

在福建莆田，除了刘克庄家族及其妻母家林氏家族外，还有一个家族颇具名望，便是刘克庄在多篇作品中提及的方氏家族。方氏家族拥有著名的"万卷楼"，"所藏甚丰，悉为善本"。相传，郑樵家贫无书，闻白杜方氏万卷楼藏书甚多，便多次登门求书拜读考证，并写下了不朽的历史巨著《通史》。陈振孙《直斋书录解题》中抄录的书籍绝大部分来自方氏藏书。刘克庄的这篇诗序，便是为方审权诗集所作。

自汉代司马长史方纮的后裔方廷范在唐朝末年侨居莆田至南宋时，方氏一族逐渐发展为长史、白杜、方山三支。方审权是方峤的玄孙，属于方家第二支白杜一脉。白杜方氏人才辈出，方元寀与程颐、方壬与朱熹交游甚密，白杜方氏由此成为理学名家。

刘克庄与方氏一族关系十分密切，仅《后村先生大全集》中收录的为方氏一族撰写的墓志铭就多达二十余篇。后村比方审权小七岁，两人过从甚密，唱和较多。后村在这篇诗序中所提及的"近时小家数不过点对风月花鸟，脱换前人别情闺思，以为天下之美在是，然力量轻，边幅窄，万人一律"，反映了南宋诗坛审美观念狭隘、一味追求文字雕琢的陋习。刘克庄认为，方审权的诗歌创作关注古今治乱，南北离合，世道否泰，颇具儒家的忧患意识与救世精神，打破了当时诗坛的消沉局面。

# 嘉禾县图经序

古书有《九丘》①，序《书》者曰："丘，聚也。"言土地所宜、风气所生，皆聚焉。至周更名职方氏②，《序》又曰："孔氏述职方以除九丘。"是倚相③之所读者，孔氏既除之矣。然考之夏官，职方氏所掌，大而邦国都鄙④，微而财用穀蓄，悉图而辨之，则犹丘聚之义。后世图经⑤本此。

双溪，建岩邑，山明水秀，茶笋妙天下。南渡后，名臣钜儒接踵奋兴，是邑殆如鲁之洙泗⑥、吾宋之关洛⑦，文物⑧大备，唯县志无所考，非阙典欤？曩余为宰于斯，得刘溪翁⑨《图经》手稿，甚详密，欲纂辑，不果。后见《建安新志》，多采于溪翁，盖郡人知有溪翁之书，而邑人反不知，岂非余之愧哉？其后邑趋于坏，金华赵君与膺实来，未几而僵者植，蛊者饰。余南归假道及于县，士民誉长官不容口⑩。他人敝精力应酬薄书期会不给，君乃有余暇及于县志。请余序之。

噫，当余之时，力犹可为而余不克为；君承不可为之后，而谈笑为之，得无重余之愧哉？然邑之城郭都鄙，土风物产，远则故老之记闻，近则县名之更改，与夫名公钜儒之言行，大家世族之原委，开卷瞭然矣。初，君之先大君子讳希伋，尝绾⑪铜墨⑫，清而刚，有千百年之思。去三年而余继之。余去三纪⑬而君继之。回思拙政，前不及君先君子，后不及君，因序此书，聊识余愧。

溪翁名某，字叔通。

## ｜注释｜

① 九丘：传说中我国最古的书名。《左传·昭公十二年》："楚左史倚相趋过，王曰：'是良史也，子善视之，是能读《三坟》《五典》《八索》《九丘》。'"杜预注："皆古书名。"

② 职方氏：周代的官名，主要掌管天下地图与四方职贡。隋置职方侍郎，唐宋兵部下有职方郎中、职方员外郎，明清在兵部下设职方清吏司。

③ 倚相：春秋时期楚国左史。

④ 都鄙：京都与边邑。

⑤ 图经：地理志一类的书籍因文字之外多附有地图，故多

以"图经"为名。

⑥ 洙泗：即洙、泗二水。古时，二水自今山东泗水县北合流而下，至曲阜北又分为二水，洙水在北，泗水在南。春秋时期为鲁国地。孔子居于洙、泗之间聚徒讲学。《礼记·檀弓上》："吾与女事夫子于洙泗之间。"后以"洙泗"作为儒家的代称。

⑦ 关洛：宋代理学的两个主要学派的代表人物，即关中张载和洛阳程颢、程颐。后以"关洛"作为宋代理学的代称。

⑧ 文物：本指纹饰（文）和仪仗（物），后为礼乐、典章制度的统称。

⑨ 刘溪翁：宋人刘淮，字叔通，建阳（今属福建）人，绍兴二年（1132）进士，博学能文，深受朱熹推崇。

⑩ 不容口：非口说所能尽。

⑪ 绾（wǎn）：旋转打结。

⑫ 铜墨：铜印黑绶。

⑬ 三纪：纪是古代纪年的单位，十二年为一纪。


| 赏读 |


建阳位于福建北部，两宋时期，因较少受到宋金战争的波及，相对比较安定。尤其是南宋定都杭州后，不少文人来福建游学定居，讲学授徒。再加之自北宋以来，这里名儒辈出，逐渐成为宋代理学重镇，故被后村称为"鲁之洙泗，宋之关洛"。

刘克庄曾在宝庆元年至绍定元年（1225—1228）知建阳，虽时间不长，却颇有建树。他不仅重新修葺了朱熹讲学的考亭书院，还重整建阳社仓，积极为建阳籍文人墨客的作品作序。因此，当他离任归里时，邑民纷纷前来送行。

刘克庄在任时，曾有幸读到朱熹弟子刘淮编纂的《嘉禾县图经》手稿，本想离任之前，在《嘉禾县图经》基础上编修县志，但因种种原因未能如愿。直到三十六年后，赵与膺才以刘淮的《嘉禾县图经》为底本，编成嘉禾第一本官方志书。

自昔南北分裂①之际，中原豪杰率陷没殊域②，与草木俱腐。虽以王景略③之才，不免有失身苻氏之愧。□建炎④省方⑤画淮而守者百三十余年矣，其间北方骁勇自拔而归，如李侯显忠⑥、魏侯胜⑦，士大夫如王公仲衡⑧、辛公幼安⑨，皆著节⑩本朝，为名卿将。

辛公文墨议论，尤英伟磊落。乾道⑪、绍熙⑫奏篇，及所进《美芹十论》⑬、上虞雍公《九议》⑭，笔势浩荡，智略辐辏，有《权书》《衡论》⑮之风。其策完颜氏之祸，论请绝岁币⑯，皆验于数十年之后。符离之役⑰，举一世以咎任事将相。公独谓张公⑱虽未捷，亦非大败，不宜罪去。又欲使显忠将精锐三万出山东，使王任、开赵、贾瑞⑲辈领西北忠义为前锋。其论与君尹少稷⑳、王瞻叔㉑诸人绝异。乌虖，以孝皇㉒之神武，及公盛壮之时，行其说而尽其才，纵未封狼居胥<sup>㉓</sup>，岂遂置中原于度外哉！机会一差，至于开禧<sup>㉔</sup>，则向之文武名臣欲尽，而公亦老矣。余读其书而深悲焉。

世之知公者，诵其诗词。而以前辈谓"有井水处，皆唱柳词"<sup>㉕</sup>，余谓耆卿<sup>㉖</sup>直留连光景，歌咏太平尔。公所作大声鞺鞳<sup>㉗</sup>，小声铿锵<sup>㉘</sup>，横绝六合，扫空万古，自有苍生以来所无。其秾纤绵密<sup>㉙</sup>者，亦不在小晏<sup>㉚</sup>、秦郎<sup>㉛</sup>之下，余幼皆成诵。

公嗣子故京西<sup>㉜</sup>宪□，欲以序见属，未遣书而卒。其子肃，具言先志。恨余衰惫，不能发斯文之光焰，而姑述其梗概如此。

## | 注释 |

① 南北分裂：指靖康元年（1126）金人攻陷北宋都城东京开封府（今河南开封），俘获了宋徽宗与宋钦宗，北宋宣告灭亡。康王赵构在南京应天府（今河南商丘）即位，改元建炎，史称南宋。

② 殊域：远方，不同的地域。靖康之变后，大批北方民众渡江南下，故用"殊域"表示南方地区。

③ 王景略：十六国时前秦大臣王猛，字景略，北海剧县（今山东寿光）人。博学好兵书，曾一度隐居于华阴山，后辅佐前秦王苻坚十八年。

④ 建炎：南宋高宗的第一个年号，1127—1130 年。

⑤省方：巡视四方。这里指宋高宗为躲避金兵，不断南下避祸。

⑥李侯显忠：宋人李显忠，初名世辅，绥德军清涧（今属陕西）人。十七岁随父亲征战沙场，陷金为官。举家皆遭金人杀害后，回归南宋，帝赐名"显忠"。先后任殿前都指挥使、威武军节度使、左金吾卫上将军。卒谥忠襄。

⑦魏侯胜：宋人魏胜，字彦威，淮阳军宿迁（今属江苏）人。多智勇，善骑射，屡败金兵。与金兵战于淮阳时，以孤立无援，中箭坠马而亡，谥忠壮。

⑧王公仲衡：宋人王希吕，字仲衡，宿州（今属安徽）人，孝宗乾道五年（1169）进士，以弹劾佞臣张说，名闻遐迩。累官至吏部尚书。

⑨辛公幼安：即辛弃疾，字幼安，号稼轩，历城（今属山东）人。二十一岁时参加抗金义军，不久归南宋，历任湖南、江西、福建、浙东安抚使等职，一生力主抗金。工诗词，其词悲壮激越，与苏轼齐名，著有《稼轩长短句》。

⑩著节：以高尚的节操著称。

⑪乾道：南宋孝宗的第二个年号，1165—1173年。

⑫绍熙：南宋光宗年号，1190—1194年。

⑬《美芹十论》：作于乾道元年（1165），是辛弃疾的代表性奏议。

⑭上虞雍公《九议》：是辛弃疾写给当时的宰相虞允文的奏

议。虞允文，字彬甫，因封爵雍国公，世称"虞雍公"。

⑮《权书》《衡论》：皆为宋苏洵所作之文。

⑯ 岁币：绍兴十一年（1141），宋金和议之后，宋高宗向金国皇帝称臣，并每年向金国缴纳一定的钱物。

⑰ 符离之役：符离，地名，故城在今安徽宿州市埇桥区符离镇。孝宗隆兴元年（1163），张浚督师北伐，李显忠、邵宏渊进据符离，大败金兵。因邵宏渊不战而退，李显忠孤军难守，最终率部夜遁，宋军大败。

⑱ 张公：即南宋名相张浚，字德远，号紫岩居士，汉州绵竹（今属四川）人。政和八年（1118）进士。力主抗金，重用岳飞、韩世忠诸将。秦桧主和议，被贬在外近二十年。孝宗时重起，督师江淮间，封魏国公。谥忠献。

⑲ 王任、开赵、贾瑞：皆为南宋抗金将领。

⑳ 尹少稷：即宋人尹穑，字少稷，兖州（今属山东）人。高宗绍兴末年，与陆游同为枢密院编修官，官至监察御史、右谏议大夫。力主和议。

㉑ 王瞻叔：即宋人王之望，字瞻叔，襄阳谷城（今属湖北）人。孝宗时，除户部侍郎、川陕宣谕使，擢为参知政事兼同知枢密院事。主张割地啖敌。

㉒ 孝皇：即宋孝宗赵眘（shèn），宋太祖七世孙，高宗无子，立为皇太子。其即位后任命张浚为北伐主帅，展开隆兴北伐。宋军大败于符离后，在主和派的压力下，被迫向金求和，并自称侄

皇帝。

㉓ 封狼居胥：据《汉书·霍去病传》载，汉将霍去病追击匈奴单于至狼居胥山（今属内蒙古），登狼胥居山筑坛祭天以告成功。后专指建立显赫战功。此处指北伐成功。

㉔ 开禧：南宋宁宗年号，1205—1207 年。

㉕ 有井水处，皆唱柳词：南宋诗人叶梦得在《避暑录话》中用"凡有井水处，皆能歌柳词"，评价北宋著名词人柳永的词流传甚广。

㉖ 耆卿：即北宋词人柳永，初名三变，字景庄，后改名永，字耆卿。又因排行第七，世称柳七，建州崇安（今福建武夷山）人。景祐元年（1034）进士。其采摘民间曲调入词，大量创作慢词长调，开创了宋词繁荣发展的新局面。著有《乐章集》。

㉗ 鞺鞳（tāng tà）：指钟鼓声，亦指其他类似的响声。陆游《宿渔浦》："灯影动摇风不定，船声鞺鞳浪初生。"

㉘ 铿锵：形容金玉或乐器等声音洪亮有力。

㉙ 秾纤绵密：艳丽纤巧，细致周密。

㉚ 小晏：指宋人晏几道，字叔原，号小山。抚州临川（今属江西）人。宰相晏殊幼子。曾任颍昌府许田镇监及开封府推官。能文善词，与其父齐名，时称"二晏"。著有《小山词》。

㉛ 秦郎：即宋词人秦观，字少游，一字太虚，号淮海居士，扬州高邮（今属江苏）人。"苏门四学士"之一。其词以善于刻

画、用字精密、富有情韵见称。著有《淮海集》《淮海居士长短句》。

㉜ 京西：路名。北宋建隆年间设置，辖境相当今河南省郑州、许昌、淮阳以西，安徽省西淝河以西、淮河以北，陕西省东南部以及湖北省西北部。太平兴国年间分为京西北路和京西南路，后并为一路。熙宁五年（1072）再次分为二路。属吏尊称长官为宪，对知府以上长官尊称为总宪、宪台。

## | 赏读 |

这是刘克庄为南宋著名爱国词人辛弃疾词集所作的序文。

辛弃疾不仅是两宋词坛上一座巍然耸立的高峰，也是后世词评家争相评论的对象，在中国诗词史上占有重要地位。能为这位伟大词人的词集作序，刘克庄在荣幸之至的同时，又极为忐忑不安。

靖康元年（1126），汴京被金兵攻破，宋徽宗、宋钦宗被俘。次年，金人将宋徽宗、宋钦宗以及大量赵氏皇族、后宫妃嫔、贵卿、朝臣等共三千余人掳至金国，北宋宣告灭亡。

辛弃疾出生时，山东已被金人占领，他从小目睹汉人在金人铁蹄下饱受侮辱和摧残，立志将金人逐出中原。二十二岁时，他组织了一支两千余人的起义军投奔耿京。因有谋略、军功显赫，受到宋高宗的任用。但是由于"归正人"的身份，他虽有才干却始终得不到朝廷的重用。这种人生经历使得他的诗词风格从豪迈转向婉约。根据所写题材内容，将不同风格加以融合，正是稼轩体的特色所在。

# 徐贡士百梅诗序

余二十年前有《百梅绝句》，和者甚众，或缙绅先生，或江湖社友，体制各异。出而用世者，其言浏丽；处而求志者，其言高雅，余巾袭至今。晚得清漳江君咨龙、东陇徐君用虎，既尽属和①，且为之义疏②。诗篇篇警策有新意，若自为倡首者，非趁韵③之作也。所谓义疏，又援引该洽④，片辞只字，必穿穴⑤所本，往往发余所未知。昔人服善⑥甚至，以竞病⑦、推敲⑧判工拙，有工"一字师"⑨之语。若二君者，岂惟予之一字师哉！然二君皆老于场屋，未脱白。龙飞天子将亲策⑩于□，此诗赓载⑪薰风庆云之歌，和过沛横汾之曲⑫，极文章之用而后已，未宜与余争此冷淡生活也。

## | 注释 |

① 属和：和别人的诗。此处指江、陈二人和刘克庄的梅花绝句。

② 义疏：疏解经义的书。后泛指补充和解释旧注的疏证。

③ 趁韵：作诗硬凑韵脚，而不顾文义是否贴合。

④ 该洽：详备、广博。南朝梁江淹《知己赋》："潜志百氏，沈神六经，冥枳义象，该洽性灵。"

⑤ 穿穴：穿越、通过。也有穿凿、牵强附会之意。

⑥ 服善：本指服用美好。此处指佩服、顺从别人的长处。

⑦ 竞病：典出南朝梁曹景宗之事。据《南史·曹景宗传》载，曹景宗破魏军，梁武帝萧衍宴于华光殿，令沈约赋韵。至曹景宗时，韵已用尽，仅留"竞""病"二字。曹景宗立成一诗："去时儿女悲，归来笳鼓竞。借问行路人，何如霍去病。"在座者皆惊叹不已。后因以"竞病"为作诗押险韵之典。

⑧ 推敲：对诗词歌赋字句的反复斟酌和推敲。据宋胡仔《苕溪渔隐丛话》载，唐代诗人贾岛骑驴赋诗，得"鸟宿池边树，僧敲月下门"句。又欲改"敲"为"推"，于驴上引手作推敲之势时，不慎冲撞韩愈车驾。韩愈得知原委后，认为"敲"字更佳。

⑨ 一字师：改正一个字的老师。相传五代齐己《早梅》作

"前村深雪里，作业数枝开"句，郑谷将"数枝"改为"一枝"，时人皆称郑谷为"一字师"。

⑩ 亲策：皇帝亲自主持的策问。

⑪ 赓载：赓，续；载，成。"赓载"意为相续而成。《尚书·益稷》："皋陶拜手稽首，扬言曰：'念哉，率作兴事，慎乃宪钦哉，屡省乃成钦哉。'乃赓载歌曰：'元首明哉，股肱良哉，庶事康哉。'"

⑫ 过沛横汾之曲：汉武帝曾巡幸河东郡，在汾水楼船上与群臣宴饮，自作《秋风辞》，诗中有"泛楼船兮济汾河，横中流兮扬素波"句。后因以"横汾"来称颂皇帝或其作品。

| 赏读 |

淳祐十年（1250）腊月，林同、林合兄弟将自己所作梅花绝句示予刘克庄，刘克庄感念二人志趣，便作《梅花十绝答石塘二林》诗组。不想成十叠共一百首，被称为《梅花百咏》。

《梅花百咏》本是后村与内侄之间普通的诗文唱和，然而咏梅绝句一出，前后共有二十余位缙绅文人、江湖社友参与唱和活动，和诗者的数量和身份是后村未曾想见的。这场以梅花为吟咏对象的唱和活动，不仅由亲族之间扩展至江湖诗社，时人徐用虎还专门为每一篇唱和作品作注。可以说，这次唱和活动不仅蕴含着宋人爱梅的文化意义，也是梅文化极致发展的体现。

南宋时期，文人们特别喜爱借"物"来抒发自己的情感和志向，咏物诗发展迅速，并形成了盛况空前的咏梅热。林逋、苏轼、陆游等对咏梅起了重要的示范作用。刘克庄特别喜欢咏梅，除了这百首咏梅绝句，我们在《后村先生大全集》中还可以看到不少咏梅佳作。刘克庄对梅花清高绝尘、坚贞不屈的品质极为赞赏，他一生作了一百三十余首咏梅诗，并因一首《落梅》诗而屡遭罢免，但他不仅没有屈服，反而以梅花自喻，写尽对于高洁之志的向往。

# 题丘攀桂月林图

余为建阳①令三年，邑中士大夫家水竹园池，皆尝游历。去之二十余年，犹仿佛能记忆其处。丘君月林②之胜，则未之睹也。图以示余，且抄时人题咏一帙③偕来。夫题品泉石，模写景物，惟实故切，惟切故奇。若耳目之所不接，想像为之，虽有李、杜④之妙思⑤，未免近于庄、列⑥之寓言⑦矣。余既退老⑧，无复四方之役，深以不获往游为恨。

君名攀桂⑨，方有志于科举，窃意其亦未能擅此某壑也，姑书其图后而归之。

① 建阳：在今福建南平市建阳市。刘克庄曾于宝庆元年至绍定元年（1225—1228）知建阳。

② 月林：丘攀桂家的园池。

③ 一帙：一套或一册。

④ 李、杜：指唐代诗人李白与杜甫。

⑤ 妙思：精妙的构思，精深的思想。

⑥ 庄、列：指道家学派的庄子与列子。

⑦ 寓言：有所寄托或比喻之言。

⑧ 退老：退休养老。

⑨ 攀桂：攀援或攀折桂枝。语出汉淮南小山《招隐士》："攀援桂枝兮聊淹留。"后以"折桂""攀桂"指科举登第。

| 赏读 |

刘克庄为建阳令时，曾游遍建阳大大小小的园林，然而丘攀桂家的月林园却始终无缘游赏，只能通过丘攀桂送来的《月林图》想见其盛景。刘克庄读罢《月林图》后的题咏之作后，发出"夫题品泉石，模写景物，惟实故切，惟切故奇。若耳目之所不接，想象为之，虽有李、杜之妙思，未免近于庄、列之

143

寓言矣"的感慨。

刘克庄的这番感慨，体现了他对诗歌与绘画相互补充、相互启发关系的认可，以及对艺术创作中虚实关系的思辨。在刘克庄看来，题咏景物时，贵在真切而逼真，只有真切逼真才能出奇。如果抛弃真实景物而肆意虚构，即使再多奇思妙想，也与寓言无异。

因此，在刘克庄看来，仅依照《月林图》对月林之胜进行题咏吟唱，很容易受到画者主观意志和本人想象的干扰，根本无法模写出景物的美感。即使如刘勰那样神与物游，境生于象外，但所写之"物"实与寓言无异，是不符合刘克庄的诗学和画艺思想的。

画者为余记颜多矣，朝衣朝冠②辄不似，儒衣儒冠③辄又不似，暮年悉发箧而焚之。陈生汝用独为长松怪石，飞湍急瀑，着余幅巾④燕服⑤，杖藜⑥其间。见之者皆曰逼真，他画师见之者亦曰逼真。昔顾恺之画谢幼舆⑦，曰此子宜置之丘壑中。陈生得其诀于虎头⑧耶？然生以艺资身⑨者也，当为世间贵人冠进贤冠⑩、腰大羽箭⑪者奋妙笔，开生面，大则播身价，小则辇金帛，顾恺之意模写丘壑中人，艺虽工，如贫何？

| 注释 |

① 陈汝用：宋代画家，生平事迹不详。善于写真。

② 朝衣朝冠：臣子朝见君王时所穿的礼服，所戴的礼帽。《孟子·公孙丑上》："立于恶人之朝与恶人言，如以朝衣朝冠坐于涂炭。"

③ 儒衣儒冠：古代儒生所穿的衣服，所戴的帽子。

④ 幅巾：古代男子用绢一幅束发。

⑤ 燕服：古代官员日常闲居时穿的衣服。《旧唐书·舆服志》："燕服，盖古之亵服也，今亦谓之常服。"

⑥ 杖藜：手持藜茎为杖，泛指扶杖而行。《庄子·让王》："原宪华冠縰履，杖藜而应门。"

⑦ 谢幼舆：即东晋谢鲲，字幼舆，陈郡阳夏（今河南太康）人。喜好《老》《易》，精通音律，为政清肃。官至豫章太守，卒谥康。

⑧ 虎头：顾恺之的小字。

⑨ 资身：立身。

⑩ 进贤冠：古代儒者所戴的缁布冠。《后汉书·舆服志下》："进贤冠，古缁布冠也，文儒者之服也。前高七寸，后高三寸，长八寸。公侯三梁，中二千石以下至博士两梁，自博士以下至小史私学弟子，皆一梁。"其主要以梁冠上的梁数来区别官员品位高低。

⑪ 大羽箭：一种四羽大笴长箭。唐杜甫《丹青引》："良相头上进贤冠，猛将腰间大羽箭。"

## | 赏读 |

淳祐十年（1250），刘克庄六十四岁，守制居于莆田期间，有两位画师曾为他画像记颜，一是徐少高，一是陈汝用。在这篇赠文中，刘克庄极力盛赞陈汝用为自己所作肖像画之精妙。

文中提及《世说新语》中所记载的东晋时期，顾恺之为谢鲲画像时将其置于丘壑间的故事，显然是有多重用意的。其用意一，凸显陈汝用画肖像时，利用肖像者周遭的山水、园林等布景来衬托人物的个性，是肖像画受山水画技法影响的结果。显然，刘克庄对于将自己置身于"长松怪石，飞湍急瀑"景致中的画法，颇为喜爱。其用意二，通过在官与在野、显贵与贫寒的对举来凸显自身的价值取向。刘克庄认为，以往画家所画的自己，无论是"朝衣朝冠"的官僚形象，还是"儒衣儒冠"的文人形象，皆不如意。陈汝用所画的身着"幅巾燕服"，徜徉怪石急瀑间的形象，既有儒者谦和的风度，又有雅士旷达的气宇，最为符合自己的形象。

从本文最后对陈汝用与顾恺之的评价中，我们不难窥视后村晚年的心态，这种急流勇退、闲适自得的心态，不仅缘于人之老矣所面对的时事境迁，也缘于他对人生的超越，对自我的反省，更具诗意与境界。

# 题汤埜孙长短句

孙花翁①死，世无填词手。后有黄孝迈②，近又有汤埜孙，惜花翁不及见。此事在人赏好③，坡、谷④亟⑤称少游⑥，而伊川以为亵渎⑦，莘老以为放泼⑧；半山⑨惜耆卿⑩谬用其心，而范蜀公⑪晚喜柳词，客至辄歌之。余谓坡、谷怜才者也，半山、伊川、莘老卫道⑫者也。蜀公感熙宁、元丰⑬多事⑭，思至和、嘉祐⑮太平者也。今诸公贵人怜才者少，卫道者多，二君词虽工，如世不好何？然二君皆约而在下，世故忧患不入其心，姑以流连光景、歌咏太平为乐，安知他日无蜀公辈人击节⑯赏音⑰乎！

## | 注释 |

① 孙花翁：宋人孙惟信，字季蕃，号花翁，开封（今属河南）人，常居婺州（今浙江金华）。与赵师秀、刘克庄等人交游，擅长填词，著有《花翁集》。

② 黄孝迈：字德文，号雪舟，生平不详。著有《雪舟长短句》。

③ 赏好：赏识与喜好。

④ 坡、谷：指北宋苏轼与黄庭坚，其别号分别为东坡居士、山谷道人。

⑤ 亟（qì）：屡次。

⑥ 少游：指北宋词人秦观，字少游。

⑦ 伊川以为亵渎：据《瓮牖闲评》载，程颐一日见秦观，问"天还知道，和天也瘦"之句是不是他写的。秦观以为程颐对此句欣赏，便拱手答谢。程颐却道："上穹尊严，安得易而侮之？"秦观惭愧不已。

⑧ 莘老以为放泆：莘老，宋人孙觉，字莘老，高邮（今属江苏）人，皇祐元年（1049）进士，哲宗时拜御史中丞。苏轼、秦观的好友。据《苕溪渔隐丛话》载，秦观曾和诗僧参寥子诗，其末句为"平康何处是，十里带垂杨"。平康是唐代妓女居住之地，后为青楼代称。孙觉读后不满道："这小子又贱相发也。"后来秦观编定《淮海集》时，将此句改为"经旬牵酒伴，犹未献长杨"。

⑨ 半山：王安石晚年隐居南京钟山的半山园，自号半山，后人称之半山先生。

⑩ 耆卿：即宋人柳永。

⑪ 范蜀公：即宋人范镇，其生平事迹见《翁应星乐府序》注释⑮。

⑫ 卫道：维护儒家正统伦理道德。

⑬ 熙宁、元丰：皆为宋神宗赵顼的年号。熙宁是1068—1077年，元丰是1078—1085年。

⑭ 多事：多变故，多事之秋。

⑮ 至和、嘉祐：皆为宋仁宗赵祯的年号。至和是1054—1056年，嘉祐是1056—1063年。

⑯ 击节：用手或拍板打节拍，也可表示激赏。

⑰ 赏音：听其音而知其曲，并识其人，多指知音。


| 赏读 |


本文是刘克庄为汤野孙词集所作的题文，以孙惟信、黄孝迈和汤野孙三人的创作情况作为切入点，引出时人对词这一文体的偏见和轻视。

评论者在评价某个词家的词作时，往往受到个人主观意识、学识储备、社会风气等内外因素的影响，从而造成对同一个词家的两极化评价。后村便以时人对柳永、秦观两人的品评为例，展现了苏轼、黄庭坚作为怜才者，与程颐、孙觉、王安石作为卫道者的两极化评价。"怜才者少，卫道者多"，便是后村对时人词学批评常态的注脚。此外，在《翁应星乐府序》中亦有"怜才者"与"卫道者"的对举，但伊川先生在本文中以"卫道者"的身份出现，而在《翁应星乐府序》中则转变成对晏几道词作赞赏的"怜才"者，充分反映了后村颂扬怜才者，而抨击卫道者的态度。虽然范镇酷嗜柳永词，但后村并未将其明确划归"怜才"或"卫道"之阵营，而是从世故忧患的角度来强调词关注现实的价值取向，贴合了南宋时期词学发展的新动向。

孚若晚摈③不用，赐金挥尽，嬖奴宠姬皆辞去，然好客愈笃，往往质④筥⑤衣、粥⑥厩马，以续车鱼⑦之费。后无可质粥，客亦辞去，惟余与应叟一二人留其门。悲夫，尚忍言之！应叟归道城南，行西淙之下，谒新丘，登旧山，台倾池平，竹树枯死。余知其必发羊昙之哀⑧，动唐衢之哭⑨也。诸人既跋诗画，余独记旧事，且系小诗云："易结千金客，难扶六尺孤⑩。凭君传掬泪，一为洒西峎（孚若葬处）。"

## | 注释 |

① 孚若：即宋人方信孺，字孚若，号好庵，兴化军莆田（今属福建）人。时韩侂胄开边衅，假信孺朝奉郎使金，自春至秋三往返，以口舌折强敌。著有《诗境集》。

② 翁应叟：其生平事迹见《瓜圃集序》注释⑩。

③ 摈（bìn）：排除，抛弃。《战国策·赵策》："六国从亲以摈秦，秦必不敢出兵于函谷关以害山东矣。"

④ 质：抵押。《说文解字》："质，以物相赘。"

⑤ 笥（sì）：盛衣物或饭食等的方形盛器，以萑苇或竹为之。

⑥ 粥：通"鬻"，卖。

⑦ 车鱼：据《战国策·齐策》载，战国时孟尝君门客冯谖受到礼遇，食有鱼，出有车。后因以"车鱼"谓受人器重。

⑧ 羊昙之哀：羊昙，晋谢安外甥。因才华横溢，备受谢安爱重。据《晋书·谢安传》，谢安去世后，"昙辍乐整年，行路不经安所居西州路。一日，醉过州门，从者告知，昙悲吟曹植诗'生存华屋处，零落归山丘'。恸哭而去"。后以"羊昙之哀"作为悼念已故长者以及感旧兴悲之典。

⑨ 唐衢之哭：见《翁应星乐府序》注释⑨。

⑩ 六尺孤：指未成年的孤儿。

## 赏读

《论语·子罕》曰："岁寒，然后知松柏之后凋也。"称赞松柏不畏严寒的坚毅品质。宋林景熙《王云梅舍记》："即其居累土为山，种梅百本，与乔松、修篁为岁寒友。"除了松柏之外，修竹亦经冬不凋，梅花"香自苦寒来"。因此，松、竹、梅被称为"岁寒三友"。

在刘克庄为方信孺赠翁定的《岁寒三友图》所写的跋文中，方信孺、翁定和刘克庄三人亦是"岁寒三友"。方信孺晚年以"侵官邀功"罪名遭到弹劾，官夺三秩，终归故里。虽然家境窘迫，但仍典当衣物以维持门客的日常开销。钱财散尽之时，昔日宾客纷纷离他而去，只有刘克庄与翁定二人不离不弃，三人的情感十分真挚而可贵。因此，其中一人离开人世后，其他两人才会发出"羊昙之哀"与"唐衢之哭"的感慨。

王右丞①携孟浩然入禁中②，苏公亦以李端叔③诗卷至玉堂④。前辈欲成就士子声名类如此。然孟生竟以"不才明主弃"⑤之句忤明皇意，放还山。端叔虽仕至尚书郎，晚节落泊⑥。甚矣，诗虽工，如命何？

## ┃注释┃

① 王右丞：指唐朝诗人王维，字摩诘，累官至尚书右丞，世称"王右丞"。其作品集也名为《王右丞集》。

② 禁中：指帝王所居宫内。汉蔡邕《独断》卷上："汉天子正号曰皇帝……所居曰禁中，后曰省中。"

③ 李端叔：即宋代诗人李之仪，字端叔，自号姑溪居士，

沧州无棣（今属山东）人。宋神宗熙宁六年（1073）进士。尺牍尤精，苏轼谓之"如刀笔三昧"。著有《姑溪居士集》。

④ 玉堂：翰林院。

⑤ 不才明主弃：语出唐孟浩然《岁暮归南山》诗。据《新唐书·文艺传》载，王维邀请孟浩然到翰林院见面，唐玄宗忽然驾到，孟浩然藏匿于床下。王维不敢欺君，便将实情告知玄宗，玄宗让孟浩然出来作诗，孟浩然便吟咏了这首《岁暮归南山》。他诵读到"不才明主弃"一句，玄宗不悦道："卿不求仕，而朕未尝弃卿，奈何诬我？"因此将孟浩然放归襄阳。

⑥ 落泊：穷困失意，无依无靠。


## | 赏读 |

题跋是我国古代一种常见的文体。古人文集中多有"题"或"跋"，书写对某诗、某文、某事的感想与认知，内容或涉及生平人品，或考订文本内容，或品评鉴赏风格等，既反映了所题跋作品的情况，又能展现题跋作者的文学思想，是文集的重要组成部分。在书画、刻帖、拓片等前后也经常出现题跋。因此，题跋具有多种学术意义与价值。

柳诒徵在《中国文化史》中对宋代学术的评价是："有宋一代，武功不竞，而学术特昌。上承汉、唐，下启明、清，绍述创造，靡所不备。"宋代文人在政治与文化领域游刃有余，推进了宋代文化的蓬勃发展，书画艺术的繁盛最具代表性。朝廷设立画院，设书画博士，使书法绘画艺术获得了长足的发展。因此，宋代士大夫普遍具有较高的艺术和文学修养，诗书画皆通，而为书画作品作题跋就成为士大夫风雅交游的内容之一。

苏轼是宋代著名的文学家、书法家、画家，本文是刘克庄为苏轼墨迹所作的跋文。苏轼曾说："凡物之可喜，足以悦人而不足以移人者，莫过于书画……我少时常爱此二者。"足见苏轼对书画艺术的热爱，他的书法被黄庭坚称作"本朝善书，自当推为第一"。书画作品不仅仅是苏轼文学艺术创作的组成部分，还是他抒发情志、寄托情怀的一种手段。刘克庄这篇跋虽然篇幅简短，却颇有深意。

通读这篇短文，很多读者可能会有这样的疑惑，为何为苏轼墨迹作跋，却没有任何有关墨迹本身的文字，甚至连苏轼之名也一笔带过。这个疑问正是本文的巧妙独特之处。刘克庄在评述苏轼的生平经历时，以与苏轼交好之人——李之仪作为切入点，叙述了李之仪在苏轼的提携和帮助下逐渐走上政坛和文坛，开辟一番新天地，然而也正因为与苏轼等人交往甚密，被视为元祐党人而遭到政治迫害，命运多舛。此外，刘克庄将唐朝诗人王维欲提携孟浩然的故事写入跋文中，是颇有深意的。

首先，王维在唐朝文学史中是一位颇为独特的文人，其《题辋川图》诗曰："老来懒赋诗，惟有老相随。宿世谬词客，前身应画师。不能舍余习，偶被世人知。名字本皆是，此心还不知。"标明自己诗人兼画师的角色。苏轼在《书摩诘蓝田烟雨图》中说"味摩诘之诗，诗中有画。观摩诘之画，画中有诗"将王维诗中有画，画中有诗的特点拈出，成为时人和后人评画、评诗的一条准则。其次，王维与苏轼二人奖掖后进，提拔优秀人才，为朝廷输送新鲜血液。最后，王维与苏轼虽诗名满天下，仕途却极为坎坷。王维在安史之乱中被安禄山俘获，被迫接受伪职，用"万户伤心生野烟，百官何日再朝天"诗句表明自己心向唐室。晚年信奉佛教，长斋辋川，啸咏终日。苏轼的一生更是经历了无数大起大落，故"诗虽工，如命何"的点睛之句，充分体现出刘克庄对文人士大夫命运的关注和担忧。总括而论，本文是一篇颇为精妙的书画跋文。

# 跋惠崇①小景

王介甫②于声色货利③淡如④也，独喜观画，如惠崇者尤为称奖。同时僧居宁⑤善作草虫，介甫亦有五言予之。窃意介甫姑借此以发其诗，非必真喜画也。

## ｜注释｜

① 惠崇：又作慧崇，北宋诗僧，福建建阳人，能诗善画。其画风格独特，被称为"惠崇小景"，倍受宋代文人的推崇。与赞宁、圆悟齐名，是宋代"九僧"之一。

② 王介甫：经宋人王安石，字介甫。

③ 声色货利：指音乐、女色、货物、财利等物质享受。

④ 淡如：不追求名利，寡欲恬淡。

⑤ 居宁：宋僧，毗陵（今江苏常州）人。善画草虫，笔力劲峻。

## | 赏读 |

苏轼《惠崇春江晚景二首》诗云："竹外桃花三两枝，春江水暖鸭先知。蒌蒿满地芦芽短，正是河豚欲上时。"这是苏轼为惠崇的名画《春江晚景》所作的题画诗。该诗为我们描绘这样一幅春景：江岸边一片竹林，红绿相映的桃花三两枝，春水荡漾的一条江，在水中嬉戏游玩的几只鸭子，河岸上满地蒌蒿和刚破土的芦芽，到处是一派欣欣向荣、春意盎然的景象。

《春江晚景》图中描绘的都是一些小小的事物，然而正是这些小小的事物捕捉到季节的变换和生命的蓬勃生机。惠崇的画经常用简洁的笔法，勾勒出鹅、雁、鹭鸶、寒汀、烟渚等江乡风物，将写实变成了写意，使画作充满诗意，故受到苏轼、王安石、黄庭坚等人的青睐。

刘克庄为《惠崇小景》作跋文，并没有摹写惠崇画作的内容及其所传达的诗意，而是从另一个角度展现了惠崇画作对欣赏者产生的影响。如果说苏轼、黄庭坚等人的题画诗多是赞叹惠崇画作的精致与诗意，那么，王安石对于惠崇、居宁等人的山水虫鸟画的喜爱和吟咏，则是借别人的画来抒发自己"声色货利淡如"的情操和旨趣。不管是惠崇笔下淡雅别致的山水景物，还是居宁笔下遒劲峻拔的花草虫鱼，都营造了一种枯澹寒寂的空静意境。这便是刘克庄对于惠崇小景的直接感触。

# 跋李伯时罗汉

前世名画，如顾①、陆②、吴道子③辈，皆不能不着色，故例以"丹青"④二字目⑤画家。至龙眠⑥，始扫去粉黛⑦，淡毫轻墨，高雅超诣。譬如幽人胜士⑧，褐衣草履⑨，居然简远，固不假⑩衮绣⑪蝉冕⑫为重也，于乎！亦可谓天下之绝艺矣。

## | 注释 |

① 顾：东晋画家顾恺之，字长康，晋陵无锡（今属江苏）人。善绘画，画人尝数年不点目睛，人问其故，则答曰："传神写照，正在阿堵中。"世传顾恺之有三绝：才绝、画绝、痴绝。

② 陆：南朝宋明帝时宫廷画家陆探微，吴郡（今属江苏）

人。擅画人物，其人物"秀骨清像""令人懔懔若对神明"。

③ 吴道子：唐朝画家，名道玄，阳翟（今河南禹州）人。其画笔法超妙，尤擅长画道、释人物及山水，有"画圣"之称。所画人物衣袂飘举，线条遒劲，具有天衣飞扬、满壁风动的效果，世称"吴带当风"。

④ 丹青：丹砂和青䨼（huò），是两种可制深红色和青色颜料的矿石。泛指绘画用的颜色，也指绘画艺术。

⑤ 目：称呼。

⑥ 龙眠：宋代画家李公麟，字伯时，庐江郡（今安徽舒城）人。神宗熙宁三年（1070）进士，官至朝奉郎。晚年退居龙眠山，故又自号龙眠居士。长于诗，尤以画著名。凡人物、佛像、鞍马、山水、花鸟，无所不精。除临摹古画着色外，其余皆为白描，时推为"宋画中第一人"。北京故宫博物院等现藏有李公麟《临韦偃牧放图》《维摩演教》等。

⑦ 粉黛：女性化妆用品，引申为妆饰，修饰。

⑧ 幽人胜士：幽隐之人。

⑨ 褐衣草履：指穿着粗布衣服和用草编织的鞋的人。

⑩ 不假：不凭借，不需要。

⑪ 衮绣：画有卷龙的上衣和绣有花纹的下裳，是古代帝王与上公的礼服。

⑫ 蝉冕：蝉冠，泛指显宦。

## | 赏读 |

佛教自东汉明帝时传入我国以后，在中国本土文化的浸染下，逐渐成为具有一定中国文化特色的宗教，并对我国的文学、艺术、哲学乃至社会风俗习惯等产生了较大的影响。佛教绘画在魏晋时期至唐代，基本上以壁画的形式为主，直到宋代，卷轴式才成为主要的呈现形式。

李公麟是宋代最具代表性的文人画家文人画家，特别擅长在澄心堂纸上画小尺幅卷轴，常用尖小的笔端来表现微妙素淡的旨趣。据史料载，李公麟"学佛悟道，深得微旨"，巧妙地将我国文人情趣运用于佛教艺术创作中，在佛教绘画方面取得了很高的艺术成就。

与顾恺之、陆探微、吴道子等人的佛教绘画作品不同的是，李公麟笔下的罗汉形象从早期的神性中解放出来，更加符合世俗的审美趣味和现实性的美感要求。这种世俗形象的罗汉画，被称为"龙眠式的罗汉画"。李公麟的白描罗汉基本上以墨色线条进行处理，"扫去粉黛"，用"淡毫轻墨"呈现出一种"高雅超诣"的韵致气格，更能表现出宋代文人画文雅素淡的审美情趣。刘克庄《题龙眠十八尊者》是为李公麟罗汉画所作的题诗。该诗描绘了李公麟所画罗汉形貌各别，姿态各殊，须眉毫发刻画入微，充满人情味。整个画面富有节奏，情调通俗而不失高古风格，气韵高雅超逸。由于在佛画人物中赋予文人画的笔墨技巧和情调，李公麟所创作的白描罗汉俨然处于人世间的现实生活场景中，不再只是人们顶礼膜拜的偶像，而是多了一份人情味，也多了一丝文人画的高雅气质。

## 跋刘叔安①感秋八词

长短句②昉③于唐，盛于本朝。余尝评之：耆卿④有教坊丁大使⑤意态，美成⑥颇偷古句；温⑦、李诸人困于刌撙⑧；近岁放翁、稼轩⑨一扫纤艳，不事斧凿⑩，高则高矣，但时时掉书袋⑪，要是一癖。叔安刘君，落笔妙天下，间为乐府⑫，丽不至亵⑬，新不犯陈。借花卉以发骚人墨客之豪，托闺怨以寓放臣逐子之感。周、柳、辛、陆⑭之能事，庶乎其兼之矣。

然词家有长腔，有短阕⑮。坡公《戚氏》⑯等作，以长而工也。唐人《忆秦娥》⑰之词曰"西风残照，汉家陵阙"，《清平乐》<sup>⑱</sup>之词曰"夜夜常留半被，待君魂梦归来"，以短而工也。余见叔安之似坡公者矣，未见其似唐人者。叔安当为余尽发秘藏，毋若李卫公<sup>⑲</sup>兵法，妙处不以教人也。

## | 注释 |

① 刘叔安：宋人刘镇，字叔安，号随如。宁宗嘉泰二年（1202）进士，擅长诗词。

② 长短句：词的别称，与齐言诗歌相比，句子长短不一，故称。

③ 昉：天刚明，引申为开始。

④ 耆卿：即宋人柳永。

⑤ 丁大使：据南宋蔡绦《铁围山丛谈》卷三载，丁大使是宋代混迹于瓦舍勾栏中的市井艺人，拥有精湛的技艺。

⑥ 美成：即宋朝词人周邦彦，字美成，钱塘人。精通音律，能创作新腔。以善填词名于世，格律精严，著有《片玉词》等。

⑦ 温：指唐代词人温庭筠，原名岐，字飞卿，并州祁（今属山西）人。诗词与李商隐齐名，时称"温、李"。诗词风格浓艳，多写闺情，著有《金荃集》等。

⑧ 挦撦（xián chě）：剥取。这里指割裂文义、剽窃词句。

⑨ 放翁、稼轩：南宋词人陆游、辛弃疾。

⑩ 斧凿：以斧凿加工。亦喻指诗文雕琢过甚，造作不自然。

明胡应麟《诗薮》："邢居实《秋风三迭》……语语天成，尽谢斧凿。"

⑪ 掉书袋：也称"掉书语"，讥人喜引经据典，卖弄才学。宋马令《南唐书·彭利用传》："对家人稚子，下逮奴隶，言必据书史，断章破句，以代常谈，俗谓之掉书袋。"

⑫ 乐府：指汉代专管音乐之官署。因乐府诗能歌，词亦配乐而歌，故又称词为乐府。

⑬ 亵：轻慢，不敬。

⑭ 周、柳、辛、陆：分别指宋代词人周邦彦、柳永、辛弃疾和陆游。

⑮ 长腔、短阕：词调体式。明《类编草堂诗余》中以九十一字以上为长调，五十九字至九十字为中调，五十八字以内为小令。

⑯ 坡公《戚氏》：坡公即苏轼。《戚氏》，词牌名，属于长调。

⑰《忆秦娥》：词牌名。双调，四十六字。唐李白词有"秦娥梦断秦楼月"句，故名。

⑱《清平乐》：原为唐朝教坊曲名，后用作词牌名。双调，四十六字。

⑲ 李卫公：即唐人李靖，字药师，京兆三原（今属陕西）人。初仕于隋，后入李世民幕府。因战功卓著，初封为代国公，后改封卫国公，著有《李卫公兵法》。

## |赏读|

刘镇祖籍南海（今广东广州），是宋代岭南有名的文人，性情恬淡，颇有贤名，擅长作诗唱词，《全宋词》中辑录了刘镇的26首词。虽然刘镇的词作不多，却受到了当时评论家的普遍赞誉。其中最为著名的，便是刘克庄为刘镇《感秋》词八首所作的跋文。

词在隋唐时期产生，宋朝达到巅峰，成为"一代之文学"。宋词名家辈出，词作数量巨大。据《全宋词》载，宋朝词人有一千三百多家，作品及残篇数量达到两万零四百多首。南宋时期，出现了不少对词这种文体、对前代及当世词人作品的评论。

刘克庄在这篇跋文中对唐宋时期几位著名的词人及其作品进行了评价。在他看来，柳永将俚俗语言入词，描述的多是下层民众的生活场景；周邦彦的词常常借用、化用他人诗句，有模仿抄袭的嫌疑；陆游和辛弃疾的词虽然一扫词的俗艳脂粉气息，但是过多地引经据典，有卖弄学问之嫌。而刘镇的词风格清丽、感情深挚又含蓄蕴藉，兼有柳永、周邦彦、辛弃疾和陆游的长处，在宋代词学史上应有一席之地。

# 跋傅自得文卷

日余出守宜春①，行盱、抚②乱石中，盛寒大雪，人迹既绝，鸟影亦稀。有一士独载贽③追余，问其姓名，南城傅生自得也，践雪淖行二百余里矣。余窃怪生求余之急如此，岂有谒哉？坐而叩④之，无他说，袖文一卷，蕲⑤余商榷而已。余忍笑曰："甚哉，生之迂也！"然绝奇其人，又奇其文。

后余斥居田里⑥，世所僇笑⑦，以为狂人。户外无屦⑧，几案上无故旧书，生复勤勤寄声⑨，其求余之急犹前日也。生之迂，不愈甚乎！夫人皆为文，文不能皆奇。由俗学⑩窒之，俗虑汩⑪之耳。迂则不俗，不俗则奇，非极天下之迂不能极天下之奇，生其懋⑫焉！

或曰："今人之文主于适用，不主于奇。何也？"曰："非恶夫奇也，恶夫迁也。"迁者，去富贵利达常远，而去淡泊枯槁常近也，生其择焉。

生族父泳之，余友也。故生诸文，皆有泳之之风。泳之不可复见，因书以贻生。善为之，汝伯不死矣。

## ｜注释｜

① 出守宜春：嘉熙元年（1237）春，刘克庄改知袁州。袁州治所在宜春，今属江西。

② 盱、抚：盱江、抚河。这里泛指江西抚州一带。

③ 载贽：带着晋见的礼物，指急于出仕。《孟子·滕文公下》："孔子三月无君则皇皇如也，出疆必载质。"

④ 叩：询问。《论语·子罕》："我叩其两端而竭焉。"

⑤ 蕲（qí）：通"祈"，祈求。《庄子·养生主》："泽雉十步一啄，百步一饮，不蕲畜乎樊中。"

⑥ 斥居田里：罢官居于家乡。

⑦ 僇（lù）笑：耻笑，辱笑。

⑧ 屦（jù）：鞋子。此处指有人登门拜访。

⑨ 寄声：托人口头传达问候。

⑩ 俗学：世俗流行的学问。

⑪ 汩：扰乱。

⑫ 懋（mào）：努力。

清纪昀等人在《四库全书总目提要》中曾如此评价刘克庄的文章："文体雅洁，较胜其诗。题跋诸篇，尤为独擅。"在清代四库馆臣们看来，后村的诗歌成就不及其散文，而散文中又以题跋的成就最高。本文是后村为后生傅自得的文集所作的跋文，集中体现了后村题跋的艺术成就。

本文开篇用生动的语言描写自己改知袁州途中所见盛寒之景，所遇后生"迂事"。傅自得踏雪追行两百多里，只是为了将自己的文章呈给后村。后村以为后生乃一"迂"人。然而读罢其文，才知其文也可称"奇"。这是一事。后村退居故乡后，只有傅自得经常托人传话，也是其"迂"之表现。傅自得为人的"迂"与文章的"奇"给后村留下了深刻的印象，"迂"方能显示其不俗，不俗方能出奇。至此，跋文在情感和议论上都达到了高潮。于是，后村笔锋一转，采用主客问答的方式，再论"文之奇"与"人之迂"之间的关系。作诗为文如果仅仅求奇，往往会走上追求新奇艰深的极端，唯有以"迂"来调和"奇"，方能产生美感。

这篇文章既有叙事和议论，也有对世事的感悟，构思巧妙，一唱三叹，是后村题跋的代表之作。

凡人矫饰于外无所不至，惟闺门②亲族③之间可以观真情焉。昔陶威公④之母遗其子书曰："汝为吏，以官物⑤饷吾，非惟⑥不益，反增吾忧。"教以廉也。渊明⑦遣一力⑧助其子，曰："此亦人子，可善遇之。"勉以恕⑨也。观枢相郑公送其族子零都明府诗，始于律己，终于爱民，可谓贤父兄矣。明府能佩服此言，勿至失坠⑩，可谓佳子弟矣。

## | 注释 |

① 郑枢密：宋人郑性之，字信之，号毅斋，侯官（今属福

建）人。宁宗嘉定元年（1208）进士，历知赣州、隆兴、建宁，累进知枢密院事兼参知政事。卒谥文定。

② 闺门：代指家室、妇女。

③ 亲族：家属及同宗族之人。

④ 陶威公：即晋人陶侃，字士行，鄱阳郡（今江西都昌）人。有吏治，封长沙郡公，进赠大司马。卒谥桓。

⑤ 官物：官家的物品、财产，泛指公物。

⑥ 非惟：不仅，不只。

⑦ 渊明：即晋人陶潜。

⑧ 一力：一个仆人。据《南史·隐逸传》载，陶渊明任彭泽令时，"不以家累自随"，将一个仆人送给自己的儿子。

⑨ 恕：推己及人，将心比心。《论语·卫灵公》："其恕乎！己所不欲，勿施于人。"

⑩ 失坠：失落。

## | 赏读 |

这是刘克庄为故交郑性之与其族子仲度诗所作的跋文。文章首两句统领全文，提出作家写作感情基调的他我之别。后文则以陶侃、陶潜为例，对写作感情基调这一问题展开详细论述。

陶侃是陶渊明的曾祖父，陶侃的父亲陶丹战死沙场之时，陶侃只是一名年仅六岁的孩童，寡母陶太夫人靠织布为生，生活拮据，艰难度日，将陶侃抚养成人。因而，陶侃对陶太夫人特别孝顺。据刘义庆的《世说新语·贤媛》载，陶侃做监管鱼梁的小吏时，曾将一坛腌鱼托人送回家中让母亲品尝。陶太夫人将腌鱼封好让来人带回去，并写信责备陶侃，说拿公家之物给她，只会增加她的忧虑。

陶渊明任彭泽令时，担心自己的儿子无法自给，因此将身边的一个仆人留在儿子身边，并叮嘱儿子要善待仆人。这种平等待人的观念，在古代社会十分难得。

俄国作家托尔斯泰曾在《艺术论》中说："不但感染性是艺术的一个肯定无疑的标志，而且感染的程度也是衡量艺术价值的唯一标准。感染越深，艺术则越优秀——这里的艺术并不是就其内容而言的，换言之，不问它所传达的感情的好坏如何。"亲人日常的言传身教虽不加掩饰，但最见真情，这就是刘克庄在长期文学创作过程中，通过自己的亲身实践而得出的结论。因此，在文学评论中，正视一个人的日常书写，洞悉其真实的状态，是一条颇为有益的途径。

# 跋赵明翁诗稿

昔孤山居士①有摘句图②，盖自择其生平警句行于世。嘉熙戊戌③，余尝为明翁④序诗。后四年，明翁更示近作，乃录集中警句于后。

五言云"风霜先远客，天地独扁舟"，似老杜⑤；"巧须出大造，清欲与秋争"，似孟郊⑥；"山寒梅意峭，林茂鸟声深"，似张祜⑦；"笠戴天童⑧雨，鞋穿雪窦⑨秋"，似刘梦得⑩；"鸟残桃见核，虫蠹叶留痕"，似林逋。

七言《多景楼》⑪云"江连淮海东南胜，山出金焦⑫左右青"，《岳阳楼》云"左右江湖同浩荡，东西日月递沉浮"，似许浑⑬；"径有泉流安得暑，亭因风扫自无尘""锄草就平眠鹿地，芟松勿损挂猿枝"，似张籍、王建⑭；"墨涌清池聚科斗，雪明碧嶂过春锄"，殆天然着色画，"水田白鹭，夏木黄鹂"⑮之句无以加也。

余与明翁皆嗜诗者。然明翁失台郎⑯而归，其诗愈奇；余衔使指⑰而出，不复有一字半句。闲忙之效如此！因读明翁绝句有云，"留取葡萄浮大白⑱，肯将容易博凉州"，叹其高标卓识，为之爽然自失。嗟夫！余衰矣惫矣，俗甚矣，不足与明翁上下其论矣。会当笺丹恼⑲于公朝，返初服⑳于后村。澡瀹㉑尘襟㉒，抽发滞思㉓，庶几有以答明翁之贶㉔。

## | 注释 |

① 孤山居士：即宋人林逋，隐居于西湖之孤山。

② 摘句图：唐宋诗人常常摘取诗中警句作"摘句图"。林逋曾与惠崇一起摘出百余联，刻于石上。

③ 嘉熙戊戌：即嘉熙二年，1238 年。

④ 明翁：即宋人赵汝鐩，其生平事迹见《野谷集序》注释①。

⑤ 老杜：即唐诗人杜甫。

⑥ 孟郊：中唐诗人，字东野，武康（今浙江德清）人。少时曾隐居嵩山。官至水陆转运判官。著有《孟东野诗集》十卷。

⑦ 张祜：中唐诗人，字承吉，南阳人，以宫体诗得名。著有《张承吉文集》十卷。

⑧ 天童：山名，在今浙江宁波东。

⑨ 雪窦：山名，在今浙江奉化西。

⑩ 刘梦得：即中唐诗人刘禹锡，字梦得。

⑪ 多景楼：楼名，在今江苏镇江北固山甘露寺内。

⑫ 金、焦：金山、焦山。金山在今江苏镇江西北长江中，焦山在今江苏镇江东北长江中。

⑬ 许浑：晚唐诗人，字用晦，一字仲晦，润州丹阳（今属江苏）人。文宗大和六年（832）进士。历太平县令、润州司马，官至睦、郢二州刺史。工于律诗，著有《丁卯集》。

⑭ 张籍、王建：均为中唐诗人。

⑮ 水田白鹭，夏木黄鹂：语出王维《积雨辋川庄作》"漠漠水田飞白鹭，阴阴夏木啭黄鹂"。

⑯ 台郎：尚书郎。

⑰ 使指：天子、朝廷的意旨命令。《史记·司马相如列传》："相如欲谏，业已建之，不敢，乃著书，藉以蜀父老为辞，而己诘难之，以风天子，且因宣其使指，令百姓皆知天子意。"

⑱ 大白：大酒杯。汉刘向《说苑·善说》："魏文侯与大夫饮酒，使公乘不仁为觞政，曰：'饮不釂者，浮以大白。'"

⑲ 丹悃（kǔn）：赤诚的心。

⑳ 初服：未出仕前的服饰，常用来比喻原先的志向。语出《离骚》"退将复修吾初服"。

㉑ 澡瀹：修炼。宋苏轼《与吴秀才书》："今分一半，非以为往复之礼，但欲知仆泛扫身心，澡瀹神气，兀然灰槁之大

略也。"

㉒ 尘襟：世俗的胸襟。

㉓ 滞思：滞想。晋陆机《叹逝赋》："幽情发而成绪，滞思叩而兴端。"

㉔ 贶：赠。此指明翁所赠之诗。

## | 赏读 |

关于赵汝𬭚《野谷诗稿》，刘克庄曾作诗序一篇，这是为《野谷诗稿》作的跋文。在这篇跋文中，有几点内容很值得注意：

一是宋人喜摘取警句。刘克庄以北宋著名诗人林逋之《摘句图》为例，说明宋人在诗歌大篇短章方面难以企及唐人，宋人虽亦有名篇名章，但总体而言，佳句警句更为出彩。因此，摘取警句更能反映一个人的为人处世风格与审美取向。

二是刘克庄最重唐诗。刘克庄的诗学思想以融冶诸体、兼取众家为主，他既尊崇《诗经》，又学习建安黄初风格，还推尚南北朝时期文学，但是从这篇跋文所引杜甫、孟郊、张祜、刘禹锡、许浑、张建、王籍、王维等人之作的言论来看，后村对唐代诗歌各种体裁给予了很高的评价，表明唐诗在其心目中有着崇高的地位。

三是刘克庄追求清雅脱俗的艺术风格。赵汝𬭚是南宋时期诗坛上个体诗风比较鲜明的江湖诗人，其既学习四灵，师法晚唐，又背离四灵，众体兼备，故钱钟书称其为江湖诗人中最有才气的一位。赵汝鐩诗歌中所呈现出来的脱俗清雅、静养清心的格调，受到后村的极力赞赏。无论是诗人立身之本，还是诗歌创作之意境，清雅脱俗都是后村极为认可的品质。

## 跋建阳马楫菊谱

菊之名著于《周官》①，咏于《诗》②《骚》③，植物中可方④兰、桂⑤，人中惟灵均⑥、渊明似之。后汉胡广⑦贵寿偶然尔，乃托菊水⑧以自神，粪土⑨之评，万古不磨。乌乎！非广之辱，菊之辱也。至忠献韩公⑩，始有"晚香"⑪之句，脍炙人口。近时番禺崔公辞相印不拜，自号菊坡⑫，俱为本朝佳语。呜呼！非二公之荣，菊之荣也。

建阳马君谱得百种，各为之咏，其嗜好清绝可喜。君未为人爵⑬所縻⑭，林下⑮趣专，获与菊相周旋如此。未知君他日官达，将为伯始⑯乎，抑为韩、为崔乎？将以荣是菊乎，抑以辱是菊乎？君其谨之，勿使菊有遗憾，亦幸！

## | 注释 |

①《周官》：即《周礼》，汉初称《周官》，因与《尚书·周官》篇名相混，改称《周官经》。汉刘歆以后，皆称为《周礼》。

②《诗》：指我国最早的诗歌总集《诗经》，共收西周初年至春秋中叶的民歌和朝庙乐章三百零五篇。全书分为风、小雅、大雅、颂四体。汉代传《诗》者，有齐、鲁、韩、毛四家，《毛诗》晚出，独传至今。

③《骚》：指战国楚人屈原所作的《离骚》，后将楚辞称为"骚"。

④方：比方，相当于。

⑤兰、桂：兰花与桂花。两者常用来比喻美才盛德或者君子贤人。

⑥灵均：语出《离骚》："皇览揆余初度兮，肇锡余以嘉名。名余曰正则兮，字余曰灵均。"

⑦胡广：字伯始，东汉安帝时举孝廉，奏章为天下第一。历仕司空、司徒、太尉、太傅。卒谥文恭。

⑧菊水：水名，又名鞠水、菊潭，在今河南内乡县西北丹水河。传说饮其水可长寿。南朝宋盛弘之《荆州记》："菊水出穰县。芳菊被涯，水极甘香。谷中皆饮此水，上寿百二十，七八十

者犹以为夭。太尉胡广所患风疾，休沐南归，恒饮此水，后疾遂瘳，年八十二薨。"《艺文类聚·风俗通》："南阳郦县有甘谷。……谷中有三十余家，不复穿井，悉饮此水，上寿百二三十，中百余，下七八十者，名之大夭。菊花轻身益气故也。"

⑨ 粪土：本指腐土，秽土，后常引申为鄙视。

⑩ 忠献韩公：指宋人韩琦，字稚圭，号赣叟，相州安阳（今属河南）人。天圣五年（1027）进士。仁宗时，西北边事起，与范仲淹率兵拒战，为宋廷倚重，时人称为"韩、范"。英宗时，封魏国公。卒谥忠献。

⑪ 晚香：指菊花。韩琦《九日水阁》："池馆隳摧古榭荒，此延嘉客会重阳。虽惭老圃秋容淡，且看黄花晚节香。酒味已醇新过熟，蟹螯先实不须霜。年来饮兴衰难强，漫有高吟力尚狂。"后人常常以"晚节香"称颂菊花。

⑫ 菊坡：指宋人崔与之，字正子，号菊坡，增城（今属广东）人。光宗绍熙四年（1193）进士，授浔州司法参军。以观文殿大学士提举洞霄宫致仕，卒谥清献。

⑬ 人爵：指被授予的爵位。

⑭ 縻（mí）：束缚，羁绊。

⑮ 林下：本指树林之中的幽静之地，形容闲雅、超脱。

⑯ 伯始：即东汉胡广。

# | 赏读 |

菊花是中国人特别喜爱的一种花卉，早在《周礼》中便有记载，《礼记·月令》也称"季秋之月，鞠有黄华"。菊花比较耐寒，人们赋予它傲霜的品质。在《诗经》和《离骚》中，诗人们对菊花的品质进行了歌颂赞扬。屈原用"朝饮木兰之坠露兮，夕餐秋菊之落英"，表达自己如兰、菊一般，具有桀骜不驯、高洁脱俗的品格。因此，屈原赋予古老的菊花以人格象征的意义。

除屈原之外，还有一位诗人与菊花的关系颇为紧密，即东晋时期的陶潜，其"采菊东篱下，悠然见南山"一出，"陶菊""篱菊"便成为后世文学作品中的常见词汇。元朝方回在《瀛奎律髓》中说："菊花不减梅花，而赋者绝少，此渊明之所以无第二人也。"辛弃疾在《浣溪沙》一阕中说"自有渊明始有菊"。可以说，菊花在陶渊明那里具有了真正的灵魂，菊花既是诗人身处的恬适幽然的隐居生活的象征，也是诗人随适舒澹的心境的写照，已然成为一种具有独特内涵的审美意象和文化符号。

这篇文章是刘克庄为建阳人马楫的《菊谱》所作的跋文。这类以菊花谱录为主的书籍，只是将各种菊花的形状、颜色、产地、栽种等详加说明，没有什么文学审美的意义，后村的跋文却独辟蹊径，以历代文人墨客对菊花的态度和解读作为切入点。后村将东汉胡广饮菊潭之水而长寿视为对菊花的辱没，却盛赞宋人韩琦以菊花自况自己晚节的坚贞。如果说陶渊明给菊花注入隐士恬淡自适的内涵，那么，后村赋予了菊花以君子的人格品质，丰富了菊花在中国文化中的内涵。

# 跋王摩诘渡水罗汉

　　此轴必有十六僧，所存者卷末三僧尔。"王摩诘"①三字，恨无摩诘它字可参。板上用圆角印，其文为"埜释"②，岂摩诘别号耶？

　　世画渡水僧，或乘龙，或履龟鼋③，类多诡怪恍惚，不近人情。今最后一僧先登于岸，虽目视云际孤鹤，然脱衣坐磐石上，欠伸垂足，若休其劳苦者。前一僧未渡，才数寸浅水，而中一僧乃倒锡杖④以援⑤之。三僧者皆至人⑥大士⑦，而涉川之际谨重如彭祖⑧之观井⑨，何尝以芦渡⑩杯渡⑪为神哉？乌乎！此固非摩诘不能作欤？三僧抑禅家所谓"老古锥"⑫欤？

# | 注释 |

① 王摩诘：即唐朝诗人、画家王维，字摩诘。

② 埜（yě）释：埜，同"野"，故"埜释"即"野释"。

③ 龟鼋（yuán）：大鳖，其背青黄色，头有疙瘩，俗称癞头鼋。

④ 锡杖：僧所持之杖，亦称禅杖。梵名"隙弃罗"，取锡锡作声为义。

⑤ 援：拉住。

⑥ 至人：本为释迦牟尼的尊号，后指道德修养达到很高境界的人。

⑦ 大士：菩萨的通称，后用作对僧人的敬称。

⑧ 彭祖：传说是颛顼帝玄孙陆终氏的第三子，姓篯，名铿。尧将他封于彭城，因其道可祖，故称之为彭祖。

⑨ 观井：传说彭祖观井时，将自己系在大木之上，并以车轮覆在井上，才敢观井。

⑩ 芦渡：传说达摩曾以兔床国的离地草渡河。后指佛法广大，本领非凡。

⑪ 杯渡：传说晋朝一僧人曾乘木杯渡水，因而以"杯渡"为名。

⑫ 老古锥：老古锥可以钻物，是老古者的尊称，也比喻僧人说话机锋峻峭。

## | 赏读 |

唐代诗人王维在《题辋川图》中说："老来懒赋诗，惟有老相随。宿世谬词客，前身应画师。不能舍余习，偶被世人知。名字本皆是，此心还不知。"以此标明自己诗人兼画师的角色。宋代苏轼"味摩诘之诗，诗中有画。观摩诘之画，画中有诗"的品评，将王维诗中有画，画中有诗的特点拈出，并成为后世评画、评诗的一条准则。

王维的画在宋代受到追捧，据传宋徽宗就派人四处搜寻王维的画。王维不仅擅长画山水，对于人物的描摹也惟妙惟肖，他曾经为孟浩然画肖像，将孟浩然独特的诗人气质画得形神兼备。王维终生信奉佛教，并创作了许多佛教绘画作品，宋代宫廷里就收藏了王维的五十余幅佛像画。

刘克庄见到的《渡江罗汉图》应该是残缺本，十六僧中仅见三僧。他将三僧描述得灵动秀杰：最后面的僧人，写他登岸后，将自己湿透的衣服脱下晾在岸边的石头上，自己则"欠伸垂足"，欣赏着空中的云与鹤，自然而闲适。最前一僧并未渡水，而是面露畏惧地等待在岸边，水中一僧则将锡杖尾部伸向未渡者，欲拉着他一起渡水。两僧小心翼翼渡水之态，与常人无异，凸显出"人"的特性。通过后村栩栩如生、惟妙惟肖的描述，我们不仅可以在脑海中浮现出三僧渡河的动感画面，也不禁对王维笔下富有生活气息的罗汉赞叹不已。

故参与庄敏龚公<sup>②</sup>家有江贯道山水一巨轴<sup>③</sup>，用绢疋<sup>④</sup>作。其布置疏密，点缀浓淡，与竹溪此卷皆合。但巨轴之后有叶石林<sup>⑤</sup>、陈简斋<sup>⑥</sup>诗跋。龚画今在其外孙方君采<sup>⑦</sup>处。

贯道名参，衢人<sup>⑧</sup>，其画因石林得名，南渡召至杭，未见，一夕卒。彼挟一艺而进，使见思陵<sup>⑨</sup>，不过待诏尚方<sup>⑩</sup>，或赐金帛，蒙天一笑而已。然命薄如是，士之遇合<sup>⑪</sup>有大于此者，果可以智力求哉！

故参与庄敏龚公[2]家有江贯道山水一巨轴[3]，用绢疋[4]作。其布置疏密，点缀浓淡，与竹溪此卷皆合。但巨轴之后有叶石林[5]、陈简斋[6]诗跋。龚画今在其外孙方君采[7]处。

贯道名参，衢人[8]，其画因石林得名，南渡召至杭，未见，一夕卒。彼挟一艺而进，使见思陵[9]，不过待诏尚方[10]，或赐金帛，蒙天一笑而已。然命薄如是，士之遇合[11]有大于此者，果可以智力求哉！

# | 注释 |

① 江贯道：即宋朝画家江参，字贯道，衢州（今属浙江）人。擅画山水，亦工墨牛，师承董源、巨然，笔法雍容典雅。有《千里江山图》《林峦积翠图》《水阁雅集图》《百牛图》等。

② 龚公：即宋人龚茂良，字实之，兴化军莆田（今属福建）人，高宗绍兴八年（1138）进士。卒谥庄敏。

③ 巨轴：大幅可悬挂的轴画。

④ 绢疋（juàn pǐ）：疋，同"匹"。"绢疋"泛指丝织品。

⑤ 叶石林：即宋人叶梦得，字少蕴，号石林，苏州吴县（今属江苏）人。绍圣进士，累官至尚书左丞。诗词有苏门遗风，著有《石林词》《石林诗话》等。

⑥ 陈简斋：即宋人陈与义，字去非，号简斋，洛阳人。诗词与黄庭坚、陈师道等齐名，著有《简斋集》。

⑦ 方君采：即宋人方采，字采伯，号墨林居士，兴化军莆田（今属福建）人。喜好收集历代金石和书画。汇集前代翰墨为《墨林帖》。

⑧ 衢人：即浙江衢州人。

⑨ 思陵：宋高宗赵构之墓，称永思陵，简称思陵，在今浙江绍兴市越城区皋埠镇。宋人常以"思陵"作为高宗的代称。

⑩ 尚方：官署名，掌管供应制造帝王所用器物，也作"上

方"。

⑪ 遇合：得到君王的赏识。

## | 赏读 |

一日，刘克庄在好友林希逸家偶见宋代画家江参的一幅山水巨轴，与他之前在方采处看到的山水巨轴有些不同，上有叶梦得、陈与义等人的诗跋。

北宋初期的画坛上，以董源、巨然为代表的山水画派特别引人注意。但是，由于当时学习董、巨二人画法的画家寥寥无几，这一画派沉寂多年。江参学习董、巨作画技法而豪放过之，在叶向高的竭力推赏下，其画作逐渐得到士大夫阶层的青睐，长期萎靡不振的山水画派重新受到世人的关注。江参创作的绢本水墨画笔墨浑厚，善用皴法，山水浓重郁苍，颇具气派。

鉴于古代隐士大多居于山中，故邓椿在《画继》一书中将其归入"岩穴上士"之列。事实上，江参并非真正的隐士，他当时的名宿关系甚密，到处献画，得到时任尚书左丞叶梦得的引荐，被高宗召至杭州，不料就在觐见高宗的前一日下午突然去世。邓椿在《画继》中叹息道："明日引见，是夕殂。信有命也。"刘克庄对他的身世遭遇也感到唏嘘不已。

## 跋马和之①觅句图

夜阑漏尽，冻鹤先睡，苍头奴②屈两髋③，煨④残火。此翁方假寐冥搜⑤，前有缺唇⑥瓦瓶，贮梅花一枝，岂非极天下苦硬之人，然后能道极天下秀杰⑦之句耶！使销金帐⑧中浅斟低唱人见此卷，必发一笑。

### |注释|

① 马和之：宋钱塘人，高宗绍兴年间进士，官至工部侍郎。擅长作画，其人物、山水自成一家。

② 苍头奴：汉时仆隶以深青色头巾包头。此处指头发斑白的奴仆。

③ 髐（xiāo）：枯骨暴露。《庄子·至乐》："庄子之楚，见空髑髅，髐然有形。"

④ 煨（wēi）：用文火炖熟或加热。

⑤ 冥搜：搜访至幽远之处。晋孙绰《游天台山赋》："非夫远寄冥搜，笃信通神者，何肯遥想而存之。"

⑥ 缺唇：本指上唇缺损。此处指稍有破损。

⑦ 秀杰：优异杰出。

⑧ 销金帐：用金线装饰的帐子。 宋周紫芝《纸帐》其二："荆王翠羽衾中梦，太尉销金帐里歌。"《宋稗类钞》卷四"豪旷"："陶学士谷，买得党太尉故妓。取雪水烹团茶，谓妓曰：'党家应不识此。'妓曰：'彼粗人，安得有此。但能销金帐下，浅酌低唱，饮羊羔美酒耳。'陶愧其言。"

## | 赏读 |

这是刘克庄为画家马和之的《觅句图》所作的跋文。此外，林希逸也曾作《马和之觅句图》诗。其诗曰：

先生隐几奴煨火，

斜插疏枝破瓦尊。

鹤梦未回更几转，

吟时应是月黄昏。

　　林希逸《马和之觅句图》与刘克庄《跋马和之觅句图》的写作对象是同一幅画作，但是就阅读体验来说，刘克庄的跋文更具文学的审美性。

　　在西方艺术史上，诗、画是相互对立的概念，绘画是空间的艺术，诗歌是时间的艺术。刘克庄的这篇跋文便是用时间的艺术手法去描绘空间的艺术形式。他先从时间的"夜阑漏尽"开始写起，凸显夜深人静之时的寒冷与孤寂。继而连用"屈""煨""搜"三个动词，描绘画中人物的动作和情态。"缺唇瓦瓶""梅化一枝"的出现，加深了整个画面枯寂寒瘦的意境。

　　将空间的绘画艺术转化为时间的文学艺术属于艺术的二次创作，需要作家倾注自身的观赏体验和艺术创造力。就这篇跋文而言，马和之的《觅句图》本就是一幅意境淡雅的佳作，刘克庄将静止的画面描绘得摇曳多姿，极大地增添了该画作的艺术感染力。而"岂非极天下苦硬之人，然后能道极天下秀杰之句"，更是画龙点睛之笔，进一步升华了本文的主题。

# 跋杨通老移居图

一帽而跣①者荷②药瓢书卷先行，一髻而牧者负布囊驱三羊继之，一女子蓬首挟琴，一童子肩猫，一童子背一小儿，一奴荷席筥篮布帛槌之属，又继之。处士戴帽执卷骑驴，一奴负琴又继之。细君③抱一儿骑牛，别④一儿坐母前持棰⑤曳绳，殿其后。处士攒眉凝思，若觅句⑥然。虽妻子婢奴生生服用⑦之具，极天下之酸寒褴褛，然犹畜二琴，手不释卷，其迂阔野逸之态，每一展玩⑧，使人意消。旧题云《杨通老移居图》，不知通老乃画师欤，或即卷中之人欤？本朝处士魏野⑨有亭榭，林逋无妻子，惟杨朴⑩最贫而有累⑪，恐是画朴。但朴字契元，不字通老，

195

当访诸博识者。

又题

余既书此跋，明日偶翻故纸[12]，得朴集，洛人臧逋为序，言其琴酒自娱，李翰林淑[13]表墓，言其好方药[14]。又朴绝句云："一壶村酒胶牙酸，十数胡皴彻骨干。随着四婆群子后，杖头扫去赛蚕官。"放翁[15]跋云："四婆即处士之配。"苏峤季真家有处士夫妻像，野逸如生。凡集内所载，与卷内物色皆合，骑牛者四婆，作诗送朴赴召者也。

## | 注释 |

① 跣（xiǎn）：赤脚。

② 荷（hè）：扛，用肩承物。

③ 细君：原为古代诸侯之妻的称呼，后转化为妻子的通称。

④ 别：另外。

⑤ 棰（chuí）：鞭子，短木棍。

⑥ 觅句：指诗人构思、寻觅诗句。唐杜甫《又示宗武》："觅句新知律，摊书解满床。"

⑦ 服用：衣着器用。

⑧ 展玩：犹赏玩。宋梅尧臣《观杨之美画》："吴生龙王多

裂䃤，八轴展玩忘晨炊。”

⑨ 魏野：字仲先，号草堂居士，宋陕州（今河南三门峡）人，不求仕进，自筑草堂，弹琴赋诗其中。为诗精苦，有唐人风格，多警策句。著有《东观集》《草堂集》。

⑩ 杨朴：字契元，自号东里野民，宋郑州东里（今河南新郑）人。太宗、真宗尝以布衣召，皆辞归。

⑪ 有累：有家室。

⑫ 故纸：旧纸，借指古旧书籍和文牍。

⑬ 李翰林淑：即宋人李淑，字献臣，徐州丰县（今江苏徐州）人，真宗时赐进士及第，进吏部员外郎。

⑭ 方药：医方和药物。

⑮ 放翁：即宋人陆游。


| 赏读 |


韩愈曾作《画记》一文，详备逼真地记叙了人马的神态、动作、数量以及其他禽兽、器物的名称与形状。乍一看好似一本流水账，但细品之，却颇为引人入胜，犹如真有一幅熙熙攘攘、栩栩如生的游猎图呈现在眼前。林琴南对它的评价是“笔法生峭，整齐多变，具见匠心”。刘克庄这篇跋文就是学习韩愈《画记》的写法，“一人物如何如何”的句式充斥整个篇幅，句式整齐而富于变化。

本文是刘克庄赏画类跋文的代表作品，集赏画、考证、叙事、抒情、议论为一体。《杨通老移居图》是宋人根据杨朴夫妇移居的场景绘制而成的。画中每个人物的动作、表情、位置、服饰及所携物品等，都通过后村的这篇跋文传神逼真地呈现在我们面前。在描写完画中人物后，后村笔锋一转："虽妻子婢奴生生服用之具，极天下之酸寒褴褛，然犹畜二琴，手不释卷，其迂阔野逸之态，每一展玩，使人意消。"凸显了杨朴夫妇在简单平凡的生活中始终能保持风雅、闲适的心态。

　　杨朴是一位归隐田野、不问世事的隐逸之士。他常常骑着驴子四处游览，遇到林深草茂之处，辄仰卧草丛构思，灵感来时一跃而起，挥笔为文。据《东坡志林》载，宋真宗时，寻访天下隐逸之士，得杨朴。真宗召见他令他作诗，他回答说不能作诗；又问临行前是否有人为他作诗送行，杨朴便吟咏了自己妻子所作的一首绝句："更休落魄耽杯酒，且莫猖狂爱咏诗。今日捉将官里去，这回断送老头皮。"真宗听后大笑，便放杨朴还山。刘克庄在经历了宦海沉浮、世事沧桑之后，非常羡慕和向往杨朴夫妇澹约雅致的隐逸生活，故这篇跋文表达了后村一心摆脱仕宦名利，避世退隐的高洁志趣。

# 跋西园雅集图

本朝戚畹[①]惟李端愿[②]、王晋卿[③]二驸马好文喜士,有刘真长[④]、王子敬[⑤]之风。此图布置园林、水石、人物姬女,小者仅如针芥[⑥],然比之龙眠[⑦]墨本,居然有富贵态度,画固不可以不设色哉!二驸马既贤而坐客皆天下士,世传孙巨源"三通鼓"[⑧]、眉山公"金钗坠"[⑨]之词,想见一时风流酝藉,为世道太平极盛之候。未几而乌台鞫诗案[⑩]矣,宾主俱谪,而啭春莺[⑪]辈亦流落于他人矣。自是戚畹始不敢与士大夫交游。山谷[⑫]诗云:"天网恢中夏,宾筵禁列侯。"深味此句,足以悲慨。

## | 注释 |

① 戚畹：外戚亲贵。宋周密《齐东野语·景定彗星》："戚畹嬖幸，遍居畿辅。借应奉之名，肆诛剥之虐。"

② 李端愿：字公谨，宋潞州上党（今山西长治）人。神宗时以太子少保致仕。

③ 王晋卿：即宋人王诜，字晋卿，太原人，徙居开封。神宗时以右侍禁、驸马都尉选尚英宗女舒国长公主，与苏轼等为友。能诗善画，喜藏古今书画。

④ 刘真长：即东晋刘惔，字真长，沛国相（今属安徽）人，明帝婿，谢安妻舅。少有名，雅善清谈。性简贵，与王羲之友善。好老庄，放任自适，有知人之明。

⑤ 王子敬：即东晋王献之，字子敬，琅玡临沂（今属山东）人，王羲之第七子。官至中书令，工草隶，善丹青，与父齐名，并称"二王"。

⑥ 针芥：细针和小草。比喻极其细微之处或极其渺小的事物。

⑦ 龙眠：即李公麟，其生平事迹见《跋李伯时罗汉》注释⑥。

⑧ 孙巨源"三通鼓"：孙洙，字巨源，宋广陵（今江苏苏州）人，仁宗皇祐元年（1049）进士，善作进策，被韩琦称为"当世贾谊"。孙洙曾作《菩萨蛮》一阕，该词首两句曰："楼头

尚有三通鼓，何须抵死催人去。"孙洙参加李端愿家的夜宴时，朝廷传召让他去翰林院起草诏令，他虽不愿离宴，但朝命在身又不敢久留。

⑨ 眉山公"金钗坠"：苏轼为眉州眉山人，后人又称苏轼为"眉山公"。其《满庭芳》中有"报道金钗坠也，十指露、春笋纤长"句。

⑩ 乌台鞫诗案：乌台，即御史台。唐杜甫《夏日杨长宁宅送崔侍御常正字入京》："乌台俯麟阁，长夏白头吟。"又作为都察院的别称。苏轼由于作诗讽喻王安石新法，被新派官员罗织罪名，下御史台问罪。很多人因与苏轼交好而受到牵连，史称"乌台诗案"。

⑪ 啭春莺：王诜的歌姬，王诜被贬谪后流落他乡。

⑫ 山谷：即宋人黄庭坚，字鲁直，自号山谷道人。"天网恢中夏，宾筵禁列侯"，出自黄庭坚《宗室公寿挽词》其一。


## | 赏读 |

西园，是北宋驸马都尉王诜在京都开封的私家花园，名流雅士时常雅集于此。元丰初年的某天，王诜邀请苏轼、苏辙、黄庭坚、米芾、蔡肇、李之仪、李公麟、晁补之、张耒、秦观、刘泾、陈景元、王钦臣、郑嘉会、圆通大师（日本渡宋僧大江定基）十五位好友到园中聚会，李公麟乘兴而作《西园雅集图》。画中人物或吟诗作赋，或挥毫弄墨，或抚琴遣怀，或谈禅论道。这些人物的个性与动态在李公麟笔下栩栩如生，动静自然。每一笔线条都处理得十分精致，整幅画面潇洒隽逸，动静自然。米芾当场为这幅画作记，即《西园雅集图记》，用文字的形式将参加西园集会之人的姓名、衣冠、动作、神态与西园清幽雅致的环境进行了生动的描绘。

西园雅集的盛况在时人的诗词作品中亦有记载，如秦观的《望海潮》写道："西园夜饮鸣笳，有华灯碍月，飞盖妨花。"刘克庄在这篇跋文中也提及孙巨源的《菩萨蛮》与苏轼的《满庭芳》对于西园盛宴的描述。元丰二年（1079）四月，苏轼移任湖州，七月遭到御史何正臣、李定的上表弹劾，被拘捕入京问罪。西园雅集中的大部分人与苏轼或师徒或诗友，"乌台诗案"发生后，这些人或多或少受到牵连，而王诜是受牵连最重的人，被剥夺一切官爵，西园雅集由此成为无数文人不愿提起的旧梦。

西园雅集多年以后，刘克庄看到摹本的《西园雅集图》，心中五味杂陈，一方面对西园雅集的盛况无限追慕，另一方面又对宋代文人群体的命运因受政治风波影响而跌宕起伏充满了无奈与同情。

　　林君少嘉示余诗，篇篇幽远，字字殊妍，品在唐人家数诗中。夫诗如花卉，然清绝者莫如梅，秾艳者莫如海棠，取次①轩槛，一枝半朵，固足以倾城而绝代矣。顷余尝游于仪真②之梅园，极目③如瑶林琪树④，照映十余里。又尝饮于豫章某家海棠洞，老树樛结⑤，不知其数。其开也，日光花色如庆云瑞锦；其落也，万点糁⑥地如红雨绛云。二者皆极天下巨丽之观，与轩槛所见者异矣。少嘉此集，特其一枝半朵者尔，余已为之动心骇目，它日尽出古锦囊中所谓极天下之巨丽者，余之动心骇目未已也。

① 取次：任意，随便。白居易《病假中庞少尹携鱼酒相过》："闲停茶碗从容语，醉把花枝取次吟。"

② 仪真：即真州，唐永淳初年复置县，改称扬子县。宋朝更名为真州，今属江苏仪征市。

③ 极目：满目。

④ 瑶林琪树：常指仙境中的玉树。

⑤ 樛（jiū）结：绞结。唐杜甫《乾元中同谷县作歌》之六："南有龙兮在山湫，古木巃嵸枝相樛。"

⑥ 糁（sǎn）：散落，洒落。唐李白《春感》："榆荚钱生树，杨花玉糁街。"

## | 赏读 |

这是刘克庄为林灏翁的诗集所作的跋文。

嘉定九年（1216），年三十的刘克庄任仪真郡掾（真州录事参军），仪真有专门栽种梅花的园林，梅花盛开时分外妖娆绚烂。刘克庄认为，满园桃花芬菲之景是"极天下巨丽之观"，构成一幅色彩斑斓、春意盎然的画卷。有些诗歌如色彩斑斓的桃花一般豪迈热烈，而林灏翁的诗作却犹如轩槛之一支半朵的海棠花孑然独立，在春景中倾城绝代。在这篇跋文中，刘克庄还通过轩槛一支半朵的海棠与"极天下巨丽之观"的梅花的比喻，阐述了诗歌比较美学的两种特质。总括而言，这篇跋文既充满诗情画意，又蕴含着深邃的哲理，充分体现出刘克庄独特的审美艺术品位。

## 跋黄孝迈①长短句

为洛学者皆崇性理②而抑艺文，词尤艺文之下者也，昉③于唐而盛于本朝。秦郎"和天也瘦"④之句，脱换李贺语尔，而伊川有"亵渎上穹"之诮⑤。岂惟伊川哉？秀上人罪鲁直劝淫⑥，冯当世顾小晏损才补德⑦，故雅人修士，相戒不为。

或曰：鲁庵⑧亦为之，何也？

余曰：议论至圣人而止，文字至经而止。"杨柳依依""雨雪霏霏"⑨，非感时伤物乎？鸡栖日夕⑩、黍离⑪麦秀⑫，非行役吊古乎？"熠耀宵行"⑬"首如飞蓬"⑭，非闺情别思乎？宜鲁庵之为之也。鲁庵已矣，子孝迈年英，妙才超轶，词采□出，天设神授，朋侪⑮推独步，耆宿⑯辟三舍。酒酣耳热，倚声而作者，殆欲劘⑰刘改之⑱、孙季蕃⑲之垒。今士非黄策子⑳不暇观、不敢习，未有能极古今文章变态节奏而得其遗意如君者。昔孔氏欲其子为《周南》《召南》，而不欲其面墙㉑，它日与人歌而善，必使反之而后和之。盖君所作，原于二《南》，其善者虽夫子复出，必和之矣，乌得以小词而废之乎？

## | 注释 |

① 黄孝迈：字德文，号雪舟，尝从刘克庄游，著有《雪舟长短句》。

② 性理：人性与天理，这里是指宋儒性理之学。

③ 昉：天方明，引申为开始。

④ 和天也瘦：化自唐李贺《金铜仙人辞汉歌》"天若有情天亦老"之句。

⑤ 伊川：宋人程颐的别号。据宋人《瓮牖闲评》载，程颐一日见秦观，问"天还知道，和天也瘦"之句是不是他写的。秦观以为程颐对此句颇为赞赏，便拱手答谢。不料程颐却道："上穹尊严，安得易而侮之？"秦观惭愧不已。

⑥ 秀上人罪鲁直劝淫：秀上人，宋代高僧。鲁直，即宋人黄庭坚，字鲁直，自号山谷道人。据宋僧惠洪《禅林僧宝传》载，黄庭坚好作艳词，时人争相传之。秀上人便呵斥黄庭坚：

"大丈夫翰墨之妙，甘施于此乎？"黄庭坚笑答："又当置我马腹耶？"秀上人道："汝以艳语动天下人淫心，不止马腹，正恐生泥犁耳。"黄庭坚听后竦然悔谢，遂励精求道。

⑦ 冯当世顾小晏损才补德：冯当世，宋人冯京，字当世，鄂州江夏（今湖北武昌）人。仁宗皇祐元年（1049）进士，历官翰林学士，宣徽南院使，以太子少师致仕。卒谥文简。著有《灊山集》。小晏，宋人晏几道，字叔原，号小山。与其父晏殊齐名，并称"二晏"。"损才补德"之事，见宋邵博《邵氏闻见后录》。据载，晏几道在颍昌做官期间，曾将自己的词作呈送府帅韩维，韩维回信说："得新词盈卷，盖才有余而德不足者，愿郎君捐有余之才，补不足之德，不胜门下老吏之望云。"此处应是后村将韩维、冯京混淆。

⑧ 鲁庵：即宋人黄师参，字子鲁，号鲁庵，福州闽清（今属福建）人。宁宗嘉定十三年（1220）进士，官至国子学正，南剑州添差通判。

⑨ 杨柳依依，雨雪霏霏：出自《诗经·小雅·采薇》。

⑩ 鸡栖日夕：出自《诗经·王风·君子于役》："鸡栖于埘，日之夕矣，羊牛下来。……鸡栖于桀，日之夕矣，羊牛下括。"

⑪ 黍离：黍离之悲，指国破家亡之痛。出自《诗经·王风·黍离》。

⑫ 麦秀：指麦子吐穗，秀发而未实。《史记·宋微子世家》："箕子朝周，过故殷墟，感宫室毁坏，生禾黍，箕子伤之，欲哭

则不可，欲泣为其近妇人，乃作《麦秀之诗》以歌咏之。其诗曰：'麦秀渐渐兮，禾黍油油。彼狡童兮，不与我好兮！'"后以箕子的《麦秀之诗》为感叹家国破亡的典故。《麦秀》《黍离》并举，常寄托国破家亡之痛。如宋王安石《金陵怀古四首》其一："《黍离》《麦秀》从来事，且置兴亡近酒缸。"

⑬ 熠耀宵行：出自《诗经·豳风·东山》。

⑭ 首如飞蓬：出自《诗经·卫风·伯兮》。

⑮ 朋侪（chái）：朋友之辈。

⑯ 耆宿（sù）：老师宿儒，指德高望重之人。

⑰ 劘（mó）：迫近。

⑱ 刘改之：即宋人刘过，字改之，号龙洲道人，吉州太和（今江西泰和）人。与陆游、辛弃疾、陈亮交往颇深。与刘克庄、刘辰翁合称"辛派三刘"。著有《龙洲词》。

⑲ 孙季蕃：即宋人孙惟信，字季蕃，号花翁，开封人。长短句尤工。著有《花翁词》。

⑳ 黄策子：指科举考试中选入的试卷。

㉑ 面墙：面墙而立，比喻不学无术。据《论语·阳货》载，孔子曾问其子孔鲤曰："女为《周南》《召南》矣乎？人而不为《周南》《召南》，其犹正墙面而立也与！"

词自隋唐产生以来，至有宋一代，成为一代之文学，然而对于词体的态度，宋人却呈现出两极化的情况。夏承焘《翦淞阁次序》曰："词蜕于诗，而非诗之余。"用"诗余""小词""诗剩"等作为词的代称，无疑反映出人们对词的轻视态度。

到了南宋时期，"崇性理而抑艺文"成为当时文学的主流观念，时人对词体及词人的指责愈演愈烈。词因为产生之初所具有的娱宾遣兴性质，内容上又以描写男欢女爱、离愁别绪为主，故在南宋道学家看来，既不能对国家政教有益，又无益于修身养性，可谓一无是处。

后村这篇跋文便是批评、反击道学家鄙薄词体的檄文。既然他们宣称尊崇经典，反对俚俗，后村便以《诗经》中描写宫怨闺情、离愁别思的作品为例，说明"性情"才是文学的根本所在。

后村在不少词作中，都探讨了词与《诗经》的关系。如《贺新郎·席上闻歌有感》："粗识国风关雎乱，羞学流莺百啭，总不涉闺情春怨。"《贺新郎·放逐身蓝缕》："管甚是非并礼法，顿足低昂起舞。"后村强调词体在题材、人文精神方面对《诗经》的继承与发展，极大抬高了词体的文学地位，开启词家"尊体"之说的先河，也表现了其不随流俗与时风的气概。

鉴于黄孝迈的词作流传至今的极少，《全宋词》中仅存四首，故我们无法窥知其词作的整体风貌。但由后村"妙才超轶，词采□出，天设神授，朋侪推独步，耆宿辟三舍"的评价可以看出，后村对黄孝迈其人其词是极为赞赏的。清代况周颐对黄孝迈词的评价显然受到后村的影响，认为其词"清丽芋绵，颇似北宋名作"。

## 跋花光①梅

曩②余为宜春守，谒仰山祠③，阅庙中藏宝，见杨补之④梅花障子⑤。其枝干苍老如铁石，其葩蕤⑥芳敷如玉雪，信乎名不虚得⑦也。郡人言神尤宝爱，有位者⑧或借观⑨，越宿不还，辄现变怪⑩。后为郑德言铭墓，其家以补之所作《梅兰竹石四清图》六幅润笔⑪，与庙中障子笔意略同。盖补之画梅花尤宜巨轴，花光则不然，直以矮纸⑫稀笔作半枝数朵，而尽画梅之能事。此卷就和靖⑬八诗，各摘二字，为梅传神，为和靖笺诗，花光得意之作也。末有郑尚明⑭跋甚佳。余亦有梅癖者，然善画不如花光、补之，工词翰不如和靖、简斋⑮，未知此跋视郑老何如耳。

212

## | 注释 |

① 花光：人名，生平事迹不详。当为后村同时之人，善画梅。

② 曩（nǎng）：以前，往时。

③ 仰山祠：在今江西宜春南，佛教禅宗沩仰宗始祖之一的唐代高僧慧寂曾修行于此，并以此为号。

④ 杨补之：宋人，字无咎，自号逃禅老人。擅长水墨人物与墨梅，师法李公麟。书学欧阳询，笔势劲利。今存《逃禅词》。

⑤ 梅花障子：上面画有梅花的整幅绸布屏障。

⑥ 葩藟（pā huā）：花。汉张衡《思玄赋》："歌曰：天地烟煴，百卉含葩。"

⑦ 名不虚得：盛名并非凭空取得。

⑧ 有位者：指居官之人。

⑨ 借观：借阅，借去赏玩。

⑩ 变怪：灾变怪异。

⑪ 润笔：本指蘸墨写或画，后借指付给作诗文书画之人的报酬。

⑫ 矮纸：短纸。

⑬ 和靖：即宋人林逋，其生平事迹见《小孤山记》注释⑦。

⑭ 郑尚明：即宋人郑昂，字尚明，侯官（今福建福州）人。

徽宗政和五年（1115）进士。

⑮ 简斋：即宋人陈与义，其生平事迹见《跋江贯道山水》注释⑥。

## | 赏读 |

中国古代文人对梅花可谓是情有独钟，赏梅、咏梅、画梅成为历代文人的日常雅事，源远流长、内容丰富的梅文化由此成为中国文学和文化的重要组成部分。宋代是梅文化颇为繁盛的时代，以梅为核心的诗、词、画等作品在数量上更是超越前期。在诗词作品中，林逋的《山园小梅》最为著名，其"疏影横斜水清浅，暗香浮动月黄昏"句更是用通感和动静结合的方式，描绘出梅花横斜疏瘦的气韵和清逸幽雅的蕴香，成为许多文人争相和韵的对象。刘克庄的这篇跋文，也提及林逋"梅妻鹤子"的世外生活及其创作的咏梅作品。

这篇跋文是刘克庄为花光所画梅花而作，开篇并未直接提及花光及其画作，而是描写了自己所见的两幅杨补之墨梅作品。嘉熙元年（1237），刘克庄为江西宜春令拜访仰山祠时，得见杨补之的梅花障子。郑德言将杨补之的《梅兰竹石四清图》作为润笔赠送给刘克庄。刘克庄由此得出杨补之擅长在大幅上画梅的论断。而花光擅长在短纸之上画梅花几朵，枝干几株，将梅花苍劲嶙峋、饱经风霜、洒落不屈的风韵一一呈现。在刘克庄眼中，杨补之与花光的画梅方式虽然不尽相同，但都能展现梅之神、韵、气、形，并无高下之别。

跋文最后，刘克庄虽然将自己所作跋文与郑昂所作跋文进行对举，却绝没有一较高下之意，这与梅花不孤芳自赏、不同流合污，而是向世人展示纯洁无瑕之美的精神气质正好契合。这正是本文的匠心独具之处。

# 跋刘景山教学诗

难莫难于为人师，而为童子之师尤难。盖敏钝勤惰，受性①各异：有能秤象者②，有不能名六畜者，有襁抱中识"之无"③者，有误读"金根"④者。加以父兄骄惜，保姆拥护，左右便佞⑤谄媚，少也不力，长而犹駤⑥。童心无时而改，师教有时而倦，则与之为婴儿而已，滔滔者皆是也。

吾里刘君《教学诗》四十九韵，谆谆然广弟子识、小学⑦书之意，而无韩子利禄之诱。使家塾每得若人任击蒙⑧之责，彼璞者可追琢成器，甘白者可和采为色味，拱把⑨者可培养，使之干霄⑩拂云也。

君名景山。

## | 注释 |

① 受性：赋性，禀性。《诗经·大雅·桑柔》："维此良人，作为式榖，维彼不顺，征以中垢。"郑玄笺："受性于天，不可变也。"

② 秤象：据《三国志·魏志》载，孙权赠巨象予曹操，曹操欲知象之轻重，不能称，其幼子曹冲以船称出象之体重。后以"秤象"为少年聪慧的典故。

③ 之无："之"字与"无"字。唐白居易《与元九书》："仆始生六七月时，乳母抱弄于书屏下，有指'无'字'之'字示仆者，仆虽口未能言，心已默识。"

④ 金根：金根车是帝王所乘的以黄金为装饰的根车。唐李绰《尚书故实》："昌黎生者，名父子也，虽教有义方，而性颇阘劣。尝为集贤校理，史传中有说'金根车'处，皆臆断之，曰：'岂其误欤？必金银车。'悉改'根'字为'银'字。至除拾遗，果为谏院不受。俄有以故人子悯之者，因辟为鹿门从事。"后以"金根"作为文字遭谬改之典。

⑤ 便佞：花言巧语，阿谀逢迎。《论语·季氏》："孔子曰：'益者三友，损者三友。友直，友谅，友多闻，益矣。友便辟，友善柔，友便佞，损矣。'"

⑥ 騃（ái）：愚，呆。《汉书·息夫躬传》："左将军公孙禄、司隶鲍宣皆外有直项之名，内实騃不晓政事。"

⑦ 小学：因儿童入小学先学文字，故汉代称文字学为小学，隋唐以后为文字学、训诂学、音韵学的总称。

⑧ 击蒙：启蒙，发蒙。《易·蒙》："上九，击蒙，不利为寇，利御寇。"王弼注："处蒙之终，以刚居上，能击去童蒙，以发其昧者也。"

⑨ 拱把：两手合围或一手满握，指树木尚小。《孟子·告子上》："拱把之桐梓，人苟欲生之，皆知所以养之者。"赵岐注："拱，合两手也。把，以一手把之也。"

⑩ 干霄：高入云霄。唐刘禹锡《和兵部郑侍郎省中四松诗十韵》："便有干霄势，看成构厦材。"

| 赏读 |

这是景定元年（1260），七十四岁的刘克庄为社友后生刘景山《教学诗》四十九韵所作的跋文，蕴含着丰富的儿童教育理念。

儒家对于教育的重视源远流长，孔子便是一位伟大的教育家，打破了西周以来"学在官府"的旧传统，开创了私人办学之先河。他提出的"因材施教""有教无类""学而不厌，诲人不倦"等教育理念影响了中华民族数千年，至今仍发挥着重要的作用。在刘克庄生活的宋代，不少文人提出了极富创见的教育理念，如朱熹提出的"博学之、审问之、慎思之、明辨之、笃行之"，直接被中山大学尊为校训。刘克庄这篇跋文针对的是儿童教育的问题。在他看来，儿童的先天资质虽然存在差异，但是这些差异可以通过后天的教育培养来改善与弥补。因此，刘克庄十分重视后天的教育培养。此外，刘克庄也强调家庭环境对于儿童成长的重要影响。一味娇惯和溺爱，非常不利于儿童的健康成长。刘克庄提出的儿童教育观念，对于现代家庭教育仍有很强的指导作用。

# 跋章仲山诗

诗非达官显人所能为，纵使为之，不过能道富贵人语。世以王岐公①诗为至宝丹②，晏元献③不免有"腰金枕玉"④之句。绳以诗家之法，谓之"俗"可也。

故诗必天地畸人⑤、山林退士⑥，然后有标致⑦。必空乏拂乱⑧、必流离颠沛，然后有感触。又必与其类锻炼追璞⑨然后工。或曰："孰为类？"曰："有子桑必有子舆⑩，有孟郊必有贾岛⑪，有卢仝必有马异⑫。"

天台章仲山示予吟稿，庶几有标致、有感触矣。意君之友必有若子舆、若贾岛、若异者。求之集中，未见其人。若达官显人之评，盖富贵人语也，非诗家语也。惜予老病，不得与君细论此事。

## | 注释 |

① 王岐公：即宋人王珪，字禹玉，华阳（今四川成都）人，庆历二年（1042）进士，官至翰林学士，封岐国公，谥文恭。著有《华阳集》。

② 至宝丹：本指由犀角、朱砂、玳瑁、琥珀、麝香等珍贵药物配制而成的中成药名。宋陈师道《后山诗话》："王岐公喜用金玉珠璧以为富贵，而其兄谓之'至宝丹'。"因为王珪作诗喜欢用金玉珠宝等，所以时人称其诗为"至宝丹"。

③ 晏元献：即宋人晏殊，字同叔，抚州临川（今属江西）人。七岁能属文，累官至中书门下平章事兼枢密使，卒谥元献。范仲淹、欧阳修皆出其门。著有《珠玉词》。

④ 腰金枕玉：语出宋欧阳修《归田录》："晏元献公喜评诗，尝曰'老觉腰金重，慵便枕玉凉'未是富贵语，不如'笙歌归院落，灯火下楼台'，此善言富贵者也。人皆以为知言。"

⑤ 畸人：脱俗奇特之人。《庄子·大宗师》："畸人者，畸于人而侔于天。"

⑥ 退士：隐士。

⑦ 标致：文采、风韵。

⑧ 空乏拂乱：贫穷挫折。语出《孟子·告子》："故天将降大任于斯人也，必先苦其心志，劳其筋骨，饿其体肤，空乏其身。"

⑨ 锻炼追璞：锤炼打磨文辞。

⑩ 有子桑必有子舆：子桑、子舆，出自《庄子·大宗师》，子桑与子舆友，二人皆为隐士。

⑪ 有孟郊必有贾岛：孟郊，中唐诗人，字东野，湖州武康（今浙江德清）人。少时曾隐居嵩山。一生穷困潦倒，不苟同流俗，时人称为"寒酸孟夫子"。贾岛，中唐诗人，字阆仙，范阳（今河北涿州）人。初为僧人，因推敲诗歌之举，引得韩愈教授其诗文。后返俗，屡试进士不第。孟郊、贾岛皆以苦吟著称，且生平际遇与诗风相似，故被后世并称为"郊寒岛瘦"。

⑫ 有卢仝必有马异：卢仝，唐朝诗人，号玉川子，范阳（今河北涿州）人，曾隐居登封少室山，终生不仕。马异，唐朝诗人，德宗兴元元年（784）进士，工诗，与卢仝交好。


| 赏读 |


这是景定元年（1260），七十四岁的刘克庄为章仲山的诗集所作的跋文。

俄国 19 世纪评论家车尔尼雪夫斯基在《生活与美学》中说："当一个人住在西伯利亚苔原地带或者伏尔加河上游的干燥地带的时候，他也许梦想神奇的花园，内有非凡的树木，长着珊瑚的枝，翠绿的叶，红宝石的果……"车尔尼雪夫斯基描绘的是人类一种普适性的感触，即艰苦卓绝、孤独寂寞的处境往往会触发文人们的敏感神经，激发他们丰富的想象力。中国古代的文人群体对此有着更加深刻的体会。汉代司马迁的"发愤著书"，唐代韩愈的"穷乃工诗"，北宋欧阳修的"穷而后工"便是明证。刘克庄在这篇诗序中提出的"处天地畸人，山林退士……然后有感触"的精神实质与司马迁、韩愈、欧阳修的思想大致是相通的。

"穷"与"达"，是诗歌评论中由来已久的命题。后村认为，达官显人笔下的"至宝丹""腰金枕玉"等俗不可耐，"诗必天地畸人、山林退士，然后有标致。必空乏拂乱，必流离颠沛，然后有感触。又必与其类锻炼追璞然后工"。究其原因在于，在中国古代社会，没有官职在身的文人常常迫于生计而颠沛流离，各种挫折与磨难使他们对社会、对人生有了更为透彻深刻的体验与思考，其文学作品因充满强烈的感情、深刻的洞察力，从而具有极高的审美体验与强烈的感染力，使无数读者为之动容。

# 答乡守潘宫教书

　　某官立身有本末，入朝无附丽[1]。鸣阳一疏，沉着痛快，纸价为高。请麾而去，岂严惮[2]黯耶？抑欲详试望之耶！或谓莆难治，非也。他置勿论，如叶监叔嘉、范卿仲冶，至今为人所思，皆莆人也。如闻田里之论，咸谓是邦不睹儒者之治久矣，将于阁下乎观政。某虽耄荒[3]，敢不躬率耆老子弟以奉条教[4]？岂但有门户丘墓之托而已！

　　某一生坐虚名负累，所得毫芒[5]，而所丧丘山。六十再入已误，六十五三入又大误，幸皆不旋踵[6]斥去。今距挂冠[7]仅有一岁，已卜[8]首丘[9]，治冢舍，冥心待尽，庶几全而归之，以

224

从先大夫于九原尔。空村寂寂，忽闻儿童有骑竹马迎细侯⑩者，某衣裳倒颠⑪久矣，犹当扶惫旅谒旌麾于道左，临风欣抃⑫之至。

## | 注释 |

① 附丽：附着，依附。晋左思《魏都赋》："而子大夫之贤者，尚弗曾庶翼等威，附丽皇极……而徒务于诡随匪人，宴安于绝域。"

② 严惮：畏惧，害怕。

③ 耄（mào）荒：年老昏愦。《尚书·吕刑》："惟吕命，王享国百年，耄荒。"清孙星衍《尚书今古文注疏·吕刑》训"荒"为"治"，言耄而治事。

④ 条教：条文，教令。《史记·张丞相列传》："治颍川，以礼义条教喻告化之。"后来多指郡守等地方长官所下的教令。

⑤ 毫芒：犹"毫末"，比喻极其细微。《韩非子·喻老》："宋人有为其君以象为楮叶者，三年而成，锋杀茎柯，毫芒繁泽，乱之楮叶之中，而不可别也。"

⑥ 不旋踵：来不及转动脚跟，比喻时间短促。班固《汉书·王莽传》："人不还踵，日不移晷，霍然四除，更为宁朝。"

⑦ 挂冠：弃官而去。南朝宋范晔《后汉书·逄萌传》："时王莽杀其子宇，萌谓友人曰：'三纲绝矣！不去，祸将及人。'即解冠挂东都城门，归，将家属浮海，客于辽东。"后因用为辞官

归隐的典故。

⑧卜：选择。

⑨首丘：不忘故土或死后归葬故乡。《礼记·檀弓上》："礼，不忘其本。古之人有言曰：狐死正丘首，仁也。"屈原《九章·哀郢》："鸟飞反故乡兮，狐死必首丘。"

⑩细侯：指受人欢迎的到任官吏。《后汉书·郭伋传》："郭伋字细侯……始至行部，到西河美稷，有童儿数百，各骑竹马，道次迎拜。伋问：'儿曹何自远来？'对曰：'闻使君到，喜，故来奉迎。'"

⑪衣裳倒颠：衣裳，上为衣，下为裳。倒颠，衣裳上下倒穿，形容匆忙失序的样子。

⑫欣忭（biàn）：欢欣鼓舞的样子。

## | 赏读 |

这是晚年时期的刘克庄写给上虞进士潘友端的一封信，塑造了一个在政治漩涡中进退皆忧的儒家士子形象。

刘克庄虽然被赐同进士出身，于端平二年（1235）就做到国史院编修这一令无数文人士子艳羡的职位。但同年就在"梅花诗案"中因被指责"谤讪朝政"而被弹劾罢官。淳祐六年（1246），又因起草史嵩之的致仕告词而再次被诬劾罢职。淳祐十一年（1251），刘克庄再次入朝任职。可以说，从嘉定二年

（1209）初入官场至咸淳三年（1267）因病致仕，刘克庄的仕途可谓大起大落，官场的尔虞我诈、凶险莫测不仅击碎了他的政治理想，也让他对官场的黑暗充满了畏惧之意。因此，刘克庄将自己的二次入朝称作"再入已误"，三入更是"大误"，但又割舍不下自己的政治抱负，这种矛盾的心态使他痛苦不已，再三思索之后，最终决定辞官回乡，徜徉在旖旎的莆田山水之间，治冢舍、远离官场，回归自然，享受乡居的自在与宁静。

# 与石壁胡卿①书

　　某自去岁重九失明以来，一字不能写，遂疏记室②之问，独有皈向③，寸心④拳拳⑤。

　　某畴昔受信庵丞相⑥国士之知⑦，闻其仙去，不觉为天下恸。身虽退老，尚能记忆此公平生忠孝大节，开济⑧元勋，庶几刻之金石⑨，附名于不朽。不谓天夺书眼，区区此愿亦莫之遂，每一念至，忽忽如狂。

　　田舍⑩无邸报⑪，不知节惠二字及褒赠⑫官品，以故未得遣玉下束刍⑬之奠，先为《薤章》五首，以泄此哀。然举国谁可举似者？今录呈石壁，想经电目⑭，亦为之沾襟及袂，而重云亡殄瘁⑮之痛也。

# 注释 |

① 石壁胡卿：即宋人胡颖，字叔献，号石壁，潭州湘潭人，绍定五年（1232）进士。为人正直刚果，临政善断，不畏强御。

② 记室：官名，东汉时期设置，诸王、三公及大将军都设有记室令史，掌章表书记文檄。后代多沿袭保留，元代之后废除。《三国志·陈琳传》："太祖并以琳、瑀为司空军谋祭酒，管记室，军国书檄，多琳、瑀所作也。"

③ 舣向：趋向。

④ 寸心：指心。旧时认为，心的大小在方寸左右，故称。

⑤ 拳拳：恳切、忠谨勤勉的样子。《礼记·中庸》："回之为人也，择乎中庸，得一善，则拳拳服膺而弗失之矣。"

⑥ 信庵丞相：即宋人赵葵，其生平事迹见《群山囿堂记》注释②。

⑦ 知：知遇。

⑧ 开济：开创并匡济。

⑨ 金石：金是钟鼎之属，石是碑碣之属。古人常常在金石器物上镌刻文字，颂功、纪事、寓戒。东汉以后，墓碑开始盛行。南朝梁元帝集录碑刻之文，为《碑英》一百二十卷，是为金石文字著录之始，可惜其书不传。宋欧阳修有《集古录》，宋赵明诚有《金石录》。清代，金石研究成为一种专门之学，不仅用

以考订古文字之源流变化，更可订正补充史书之讹缺。

⑩ 田舍：本指田地与房舍。此处指农家。

⑪ 邸报：汉唐时期地方长官在京师设邸，邸中传抄诏令奏章等，以报于诸藩。后世以"邸报"泛指朝廷官报。

⑫ 褒赠：指为嘉奖死者而赠予其官爵。

⑬ 束刍：本指成束的草，后多指祭品。《诗经·唐风·绸缪》："绸缪束刍，三星在隅。"

⑭ 电目：犹如闪电般的眼睛。

⑮ 殄瘁（tiǎn cuì）：殄：尽，绝；瘁：病。"殄瘁"泛指疾病、困苦。《诗经·大雅·瞻卬》："人之云亡，邦国殄瘁。"

| 赏读 |

这是刘克庄写给好友胡颖的书信，写于咸淳四年（1268）。

咸淳三年（1267），八十一岁高龄的刘克庄致仕归乡，闲居莆田。然中元时染上眼疾，久不能愈；重阳时，右眼又盲，最终失明。他在《水龙吟·此翁幸自偏盲》中写道："此翁幸自偏盲，那堪右目生微瞖。"又意外得知对自己有知遇之恩的丞相赵葵已于前一年去世，无异于晴天霹雳。

因赵葵对自己有知遇之恩，后村十分尊重他。后村曾称赞赵葵既能写"发旷怀雅量于翰墨，寓雄心英概于杯酒"的英雄气概，又能写"陶写性情，赏好风月"儿女情思，是一位真性情之人。咸淳二年（1266）赵葵去世时，在莆田深居简出的后村毫不知情，直至一年后才得知这一噩耗。后村思及赵葵的提携之恩及其对国家和民族所做的贡献，本想将其事迹镌刻于金石之上，以示后人。然而双目失明的他实在无法完成此事，只好作《薤章》五首以寄托哀思。

后村在写给胡颖的信中，不仅表达了对赵葵的深切怀念与哀思，也表达了对故旧凋零、老境逼人的无力感。因此，吟诗作词、书信往来就成为后村疏解抑郁、缓解病痛的重要方式。

# 亡室墓志铭

福清林氏自南渡百年，号礼法家。君曾祖通[1]，龙图阁直学士。祖埏[2]，知沅州。父璩[3]，今为朝请大夫、直秘阁。为余妻十九年，余宦不遂，江湖岭海，行路万里，君不以远近必俱。尝覆舟嵩滩，十口从死获生，告身[4]橐装[5]漂失且尽，余方窘挠[6]，君夷然如平时。又尝泛漓江，柂[7]折舟漩，危在瞬息，君亦无怖容。余贫居之日多，君节缩营薪水[8]，未尝叹不足。即有禄米[9]，君奉养服用一不改旧。盖其俭至惜一钱，然于孤遗[10]则抽簪脱珥无所吝；其仁至不呵叱奴婢，然家务剧易[11]粗细不戒而集。余历官行己[12]，退休之念常勇于进为，澹泊之味每醲于醋醹[13]者，君佐之也。余调建阳令[14]，君已胃弱恶食，抵官且愈矣，复感风痹[15]，神色逾好，不类病人。余垂满，君若脾泄[16]，饵岁丹黄芽[17]百粒不止。既亟[18]，父老芟炬[19]环匝[20]县门，膜拜所谓佛者，为君祈安。既逝，邑人㉑相吊，如丧亲戚。既讣，乡之贤士大夫皆唁余曰："孝敬慈顺可为内则者，今亡矣。"

君讳节，封孺人㉒，生于庚戌㉓十一月十七日，殁于戊子㉔七月六日，年三十九。明年小祥㉕之翌日壬申，葬于寿溪西刘之原。男曰昌㉖，既冠㉗；曰昇。女曰靖，曰絷。昇与二女皆夭。庶生一男一女，尚幼。

初，秘阁公与黄宜人夫妇贤闻一时，君清约似父，淑媛肖母。归㉘余之年，黄宜人卒，又三年，舅侍郎卒，执丧㉙毁瘠㉚，泣慕终身。事姑太硕人恭敬，处妯娌柔顺，待族戚有恩意。故自返柩至封坎㉛，六亲之哭者哀，而秘阁公与吾母之悲愤伤痛过时而未平焉。君有至性，忠孝大指皆暗与吾徒㉜合。往年虏骑㉝大入，余当从主帅督战，君适患悬痈㉞，呻呼聒㉟邻壁。余从豫未发，君曰："妇病小挠，虏入大耻，若之何以小妨大也？"余愧其言，即日渡江。临绝㊱尚惓惓㊲姑父，又以昌属余，不忍诀。余曰："鳏余身，拊㊳而子，不使君有遗恨也。"君颔之而瞑。及是为双圹㊴，复为冢舍㊵以读书休息，而今而后可以修身俟命矣，乃纳石藏中铭曰：

黔娄㊶、於陵仲子㊷之妻远矣，世之妇人鲜不以富贵利达望夫子也。君则异是，以廉退㊸为耆好㊹，以义命㊺为限止㊻也。然彼健而此废、彼寿而此夭者，则又何理也？嗟嗟乎君，行路之所哀，况恩谊㊼与伦纪㊽也！夫既无获于彼，则宜有传于此也。乌虖悲夫！

① 逌：即宋人林逌，字述中，福清人。哲宗元符三年（1100）进士，终龙图阁学士，赠少师。著有《妙峰集》。

② 埏：即宋人林埏，字仲成，林逌之子。

③ 璩：即宋人林璩，字景良，淳熙十一年（1184）进士，官历鄂州教授、国子正、博士，官终直秘阁，著有《通鉴记纂》。

④ 告身：委任官职的文凭。

⑤ 橐（tuó）装：囊中所装裹的物品。此处指珠宝等贵重物品。

⑥ 窘挠：因受阻而为难。

⑦ 柁（duò）：同"舵"，指控制行船方向的器具。

⑧ 薪水：本指打柴汲水，泛指饮食家务之事。《晋书·刘寔传》："寔少贫窭，杖策徒行，每所憩止，不累主人，薪水之事皆自营给。"

⑨ 禄米：古代官吏俸禄都以米计算，故称。

⑩ 孤遗：死者遗留下来的儿女，也泛指无依无靠之人。

⑪ 剧易：轻重、难易。《汉书·陈汤传》："廷尉增寿议，以为'不道无正法，以所犯剧易为罪'。"

⑫ 行己：立身与行事。《论语·公冶长》："子谓子产有君子之道四焉：其行己也恭，其事上也敬，其养民也惠，其使民也义。"

⑬ 酣鬯（hān chàng）：畅通、畅达。

⑭ 建阳令：宋景定元年（1260）改为嘉禾。刘克庄于宝庆元年（1225）知建阳县，时年三十九岁。

⑮ 风痹（bì）：疾病名。中医学指因风、寒、湿等侵袭而引起的关节或肌肉疼痛、肿大、麻木。又名"行痹""走注"。

⑯ 脾泄：疾病名。由于脾脏关系所导致的腹泻。

⑰ 黄芽：道家炼丹所用的铅华。也指肾中之元气。

⑱ 亟：病情发展迅速。

⑲ 艻炬：带有香草气味的火把。

⑳ 环匝：环绕。

㉑ 邑人：同邑之人。这里指建阳乡民。

㉒ 孺人：古代贵族、官吏的母亲、妻子的封号。《礼记·曲礼下》："天子之妃曰后，诸侯曰夫人，大夫曰孺人，士曰妇人，庶人曰妻。"宋政和二年（1112）以后，通直郎以上封"孺人"，朝奉郎以上封"安人"，朝奉大夫以上封"宜人"等，并随其夫之官称。

㉓ 庚戌：南宋光宗绍熙元年（1190），是年刘克庄四岁。

㉔ 戊子：南宋理宗绍定元年（1228），是年刘克庄四十二岁。

㉕ 小祥：祥，古代丧祭名。《礼记·檀弓上》："鲁人有朝祥而莫歌者，子路笑之。"小祥一般指父母去世后一周年的祭礼。《仪礼·士虞礼》："朞而小祥。"

㉖ 昌：即刘克庄长子刘强甫，昌为其小名。

㉗ 既冠：古代男子二十岁行加冠礼，以示成年。

㉘ 归：女子出嫁。《诗经·周南·桃夭》："之子于归，宜其室家。"嘉定二年（1209），后村娶林节为妻。

㉙ 执丧：奉行丧礼或守孝。《礼记·檀弓上》："曾子谓子思曰：'伋！吾执亲之丧也，水浆不入于口者七日。'"

㉚ 毁瘠：指因居丧哀伤过度而导致消瘦异常。《礼记·曲礼上》："居丧之礼，毁瘠不形。"

㉛ 封坎：封，冢，堆；坎，墓穴。"封坎"指下葬的墓穴。

㉜ 吾徒：我等，我辈。汉班固《答宾戏》："真吾徒之师表也。"

㉝ 虏骑：敌人的骑兵。这里指金人南下入侵。

㉞ 悬痈：疾病名。指生于上腭的肿物。

㉟ 聒：喧扰，声音嘈杂。

㊱ 临绝：临终。

㊲ 惓惓（quán）：恳切的样子。

㊳ 拊（fǔ）：抚育。

㊴ 双圹：明清时期，夫妻合葬筑墓的形式。中间以砖土相隔，先卒者先葬，后卒者葬时只需揭开另一单圹，并不破坏先葬者的墓圹。

㊵ 冢舍：坟墓旁守墓人的住所。

㊶ 黔娄：战国齐国隐士，家贫且不求仕进，齐、鲁两国

国君均重金聘用，皆不受。去世时衾不蔽体。据汉刘向《列女传·鲁黔娄妻》记载，黔娄去世后，曾子前往凭吊，见黔娄以布被覆尸，覆头则足见，覆足则头见。曾子说："斜引其被则敛矣。"黔娄妻道："斜而有余，不如正而不足也。"后世便以"黔娄妻"指安贫乐道的贤德之妻。

㊷ 於陵仲子：战国时齐人陈仲子。因避世迁居於陵，自称"於陵仲子"。后世诗文中常借指有节操的隐居高士。《史记·鲁仲连邹阳列传》："於陵仲子辞三公，为人灌园。"

㊸ 廉退：谦让。

㊹ 耆好："耆"通"嗜"，喜好。

㊺ 义命：正道。

㊻ 限止：约束。

㊼ 恩谊：恩德情谊。

㊽ 伦纪：伦常纲纪。


| 赏读 |


本文是刘克庄为其妻子林节所作的墓志铭。

嘉定二年（1209），二十三岁的刘克庄迎娶福清林氏家族林节为妻。此后的十九年间，夫妻相濡以沫，患难与共。刘克庄多次因直言被罢官，长期闲赋乡居。妻子林节不离不弃，始终陪伴在旁，给予刘克庄极大的慰藉与温暖。林节出身书香门第，不但知书达理，还具有大无畏的气概。嘉定十年（1211），金兵大举入侵，刘克庄奉命奔赴江淮前线之时，林节身患重病，刘克庄左右为难，林节以"妇病小挠，虏入大耻，若之何以小妨大也"警醒刘克庄，令他自愧不如，遂毅然奔赴抗金前线。绍定元年（1228）七月，林节病情恶化，情势危急之际，建阳的父老乡亲在县衙外为她祈福；林节不幸病逝后，建阳的父老乡亲前往吊唁。建阳乡民对刘克庄夫妇的敬重与爱戴，由此可见一斑。

宝庆元年（1225），钱塘书商陈起编辑出版《江湖集》时，将刘克庄的《南岳稿》收入文集之中，不料刘克庄竟因两首有关梅花的诗作而获罪，这场诗祸就是"梅花诗案"。宝庆三年（1227），监察御史李知孝、梁成大指责《黄巢战场》诗中的"未必朱三能跋扈，都缘郑五久经纶"句与《落梅》诗中的"东风谬掌花权柄，却忌孤高不主张"句旨在谤讪朝政，刘克庄、陈起以及孙维信等江湖诗人或遭贬谪，或下狱治罪。刘克庄虽在好友郑清之的斡旋下免除了下狱治罪的处分，但看到志同道合的诗友惨遭横祸，心中痛苦万分。次年爱妻又因病离世，刘克庄的事业与爱情皆陷入谷底，因此这篇悼念亡妻的墓志铭既寄托了他对妻子深沉的爱意与无限的怀念，又充满了对世事无常、孑然一身的慨叹。林节离世后，刘克庄时常用祭文、诗、词来寄托自己的思念之情，从这一点来说，刘克庄实是一位至情至性之人。

# 少奇墓志铭

少奇刘氏，名伟甫，余仲弟无竞①之子。少颖晢，美风姿，机警善辞令。入而事王母②、父母、诸父兄，怡然其顺也；出而接姻族朋友、邻里乡党，盎然其和也；干家蛊③，应世务，绰绰然余裕④也；记群书，评古事，纚纚⑤然可听也。为律诗殊清丽。以父任补将仕郎。淳祐甲辰⑥，年三十矣，入京铨试⑦，得瘭下疾⑧，服药灼艾⑨不愈，以六月甲午卒于客邸，从兄强甫为治棺殓。讣⑩至，州里之人皆喈喈⑪为吾家惜，而吾母魏国太夫人聚族哭之尽哀。母宜人方氏，生母孟氏。娶妻朱氏，生巧女，今十四岁。继顾氏，生男存僧，又庶生愿女。存、愿之生，少奇已不及见，俄⑫皆夭。

自丧归至祥除⑬，无竞之悲痛如新，求解温陵郡绂⑭归营窆⑮事。初，少奇葬朱氏于寿溪之陈仓，以丙午⑯腊月某日合葬。

嗟夫！人患[17]无子也，有子也未敢望其成长也，成长也未敢望其秀美也。若夫成长矣，秀美矣，望之如此之久，成之如此之难，夺之如此之速！智[18]足以知吾家典刑[19]文献[20]之传而不使之嗣守[21]，材足以在圣门言语政事之科而不得以展究，翳[22]青春于长夜，埋白璧于黄壤，可悲也夫！

少奇尝语强甫曰："人修短[23]不可期，某它日傥得伯父志乎？"强甫白其语，余为一恸。无竞名克逊，今为朝散大夫、直秘阁、主管崇禧观。

铭曰：生而玉雪[24]，在余目也。俄而电雹[25]，去予速也。久而冰炭，搅予腹也。窆而松槚[26]，近予麓也。悲夫哀哉，命之不可续也！

## 注释

① 无竞：即刘克庄仲弟刘克逊，字无竞。以父荫补承务郎。宁宗嘉定间知古田县，累迁知邵武军。

② 王母：祖母。《礼记·曲礼下》："祭王父曰皇祖考，王母曰皇祖妣。"

③ 干家蛊：泛指主事、办事；干练有才能。

④ 余裕：表示时间宽绰，精力充沛。《孟子·公孙丑下》："我无官守，我无言责也，则吾进退岂不绰绰然有余裕哉？"

⑤ 纚纚（lí lí）：长而下垂貌。此处形容文章或言谈连绵不

尽。屈原《离骚》："矫菌桂以纫蕙兮，索胡绳之纚纚。"

⑥ 淳祐甲辰：指淳祐四年（1244）。

⑦ 铨试：通过考试选拔官员。

⑧ 瘈（zhì）下疾：痢疾。

⑨ 灼艾：中医疗法之一，用燃烧的艾绒薰灸人体一定的穴位。

⑩ 讣（fù）：报丧。这里指讣告文字。

⑪ 喈喈（jiè jiè）：象声词，喧闹声。

⑫ 俄：不久。

⑬ 祥除：祥，古代丧祭名。《礼记·檀弓上》："鲁人有朝祥而莫歌者，子路笑之。"一般来讲，父母死后十三个月而祭，谓之小祥；二十五个月而祭，谓之大祥。"祥除"谓大祥期满，可以除服。

⑭ 解温陵郡绂（fú）：解绂，解下印绶，代指主动辞官。温陵郡，地名，隋唐时期置泉州。因其地少寒，四季常温，故雅称"温陵"。

⑮ 营窆（biǎn）：窆，墓穴。"营窆"即营造坟茔。

⑯ 丙午：指淳祐六年（1246）。

⑰ 患：忧虑，害怕。

⑱ 智：智慧。

⑲ 典刑：旧法，常规。引申为模范、典范。

⑳ 文献：文，指有关典章制度的文字资料；献，指博学多

闻、熟悉典章掌故的人。

㉑ 嗣守：继承并遵守、保持。

㉒ 翳：遮蔽，引申为隐藏。屈原《离骚》："百神翳其备降兮，九疑缤其并迎。"

㉓ 修短：长短。此处指人的寿命。《汉书·谷永传》："加以功德有厚薄，期质有修短，时世有中季，天道有盛衰。"

㉔ 玉雪：白雪，比喻高洁。

㉕ 电雹：闪电与冰雹，常常比喻事物消逝之快。

㉖ 松槚：松树与槚树。因二者常被栽植于墓前，故亦作为墓地的代称。

## 赏读

这是刘克庄为英年早逝的侄子刘伟甫所作的墓志铭。

墓志铭是一种文学体式，其内容主要是记事与颂美。一般来说，志文旨在记事，铭文旨在颂美。在这篇墓志铭中，除了对刘伟甫的姓名、籍贯、仕历等略作介绍外，还介绍了刘伟甫父辈的情况。因为这篇墓志铭涉及的人和事都是自己的至亲之人，所以其感情基调与普通的墓志铭有所不同。

志文先从刘伟甫日常生活的闲适自得写起，刘伟甫不仅仪表堂堂，能言善道，而且孝敬长辈，与人为善，沉稳干练，在后村眼中是一个乐观高洁之人。不料他三十岁那年，在入京铨试途中骤然病逝。噩耗传至家中，家人悲痛万分。一般而言，一个人因悲伤过度而情绪失控时，付诸笔端的文字节奏往往是急、强、快，而刘克庄试将深沉而哀伤的感情融入对刘伟甫日常生活的描述之中，这种哀伤和痛苦通过温润平缓的节奏而愈发醇厚，情感更加。

第三段用几个排比句阐述了天下父母对子女的殷切希望，即希望子女健康成长，成人成才。对于刘克逊、刘伟甫父子来说，这是一个终身遗憾。第四段借由刘伟甫"人修短不可期，某它日倘得伯父志乎"之言，将普通人的情感拉回刘氏家族内部，情感的转换极为自然。最后一段铭文以同一句式反复抒写自己悲戚难禁的感情，与志文形成呼应。

刘克庄在《九日登辟支岩过丁元晖给事墓及仲弟新阡》中云："人生患不高年尔，到得年高万感俱。"谁知刘克庄竟一语成谶，刘伟甫的离世只是刘氏家族人才凋零的开始而已。

# 六二弟①墓志铭

君名克永，字子修，先君②、先魏国③林夫人之暮子④。生七岁而孤，魏国自教之。既入小学，诵诗能了其义，归⑤为母兄诵说，若⑥素习⑦者。长益勤苦，即所居西偏僻小斋，空无他物，拥书如山，卧起枕藉⑧之间，发其毫芒⑨于文字，皆有光怪。然郡试辄不利，因⑩慨然罢举⑪退而求志⑫。同胞⑬叔仲皆宦达，独余偃蹇⑭，立朝补外⑮久，仅年岁近或数月则斥去⑯，与君娱侍⑰魏国之日最长，上世⑱手泽⑲数厨⑳，共灯开卷，常闻钟声未已。君文窘雅而深自晦匿，常以露才扬己㉑为耻；性孤洁而尤厚伦纪㉒，不以避兄离母为高。先君登侍从㉓，浅泽不及君，然君视荣利如恶臭。里中显人比肩，一无所交际，牧守㉔闻其名

244

而不识其面。余白首仕宦，数为群儿谤伤，后生描画㉕，君超摇㉖事外而物议㉗翕然㉘宗之，非惟㉙爱弟，亦畏友也。

始余与君共为诗，商榷此事于所谓西斋者二十余年。余得之易，至数千篇，不如君之精善㉚。汤公伯纪㉛见君所作，叹曰："是于诗外用工夫者。"林公肃翁㉜亦谓君造五凤楼㉝手也。其为名流赏重如此。余晚召还禁近㉞，念迫㉟衰残，告老得归，而君不余待㊱，入门君盖棺兼旬矣。天乎，予何罪而至斯极也！自丙午㊲至今，丧魏国㊳，丧三季㊴，又丧伯姊㊵、长妹，旛然八十之叟，以垂尽之光阴，供无涯之忧患。天乎，余何罪而至斯极也！

君生于开禧丁卯㊶，没于景定壬戌闰九月癸巳，年五十六，墓在城南广恩山，以十一月壬寅与其妇林氏合葬。男一人，祐老，甫九岁。女二人。君读书会意趣，辄笔于简，又集录古今文章凡十数巨帙，藏于家。余常序其诗，既命祐老锓梓㊷行世，又忍哀掩涕，纳铭圹中。

铭曰：

人孰不欲贵、不欲寿，然仪、衍㊸富贵而孟氏目以妾妇，广成老寿而史家辟如粪土。卓哉西斋，佩服宝璐㊹，怀此环美，隐于韦布㊺。其气则全，其名不腐。呜呼，是为吾家季子之墓。

## ｜注释｜

① 六二弟：即刘克庄三弟刘克永，字子修。

② 先君：指刘克庄亡父刘弥正，字退翁，号退斋，淳熙八年（1183）进士，官终吏部侍郎。与叶适、真德秀等人交游，著有《退斋遗稿》。

③ 魏国：指刘克庄、刘克永母亲林氏。

④ 暮子：老年所生之子。《尔雅·释鸟》："雉之暮子为鹨。"邢昺疏："鹨，是雉晚生之子名也。"

⑤ 归：称誉。

⑥ 若：乃是。

⑦ 素习：平素熟习。

⑧ 枕藉（jiè）：本指枕头与垫席，引申为沉溺、埋头。汉桓宽《盐铁论·殊路》："夫重怀古道，枕藉《诗》《书》，危不能安，乱不能治。"

⑨ 毫芒：犹"毫末"，比喻极其细微。《韩非子·喻老》："宋人有为其君以象为楮叶者，三年而成，锋杀茎柯，毫芒繁泽，乱之楮叶之中而不可别也。"

⑩ 因：于是。

⑪ 罢举：不再参加科举考试。

⑫ 退而求志：退居乡里，不涉举业，以实现自己的志愿。

语出《论语·季氏》："隐居以求其志，行义以达其道。"

⑬ 同胞：指刘克庄之弟刘克刚、刘克逊，二人皆以荫补官。

⑭ 偃蹇（yǎn jiǎn）：困顿、窘迫。《新唐书·段文昌传》："宪宗数欲亲用，颇为韦贯之奇诋，偃蹇不得进。"

⑮ 补外：指京官调往外地就职。

⑯ 斥去：排斥并使之离开。

⑰ 娱侍：陪侍之愉悦。

⑱ 上世：先代，先人。

⑲ 手泽：本指手汗，后指称先人或前辈的遗墨、遗物等。《礼记·玉藻》："父没而不能读父之书，手泽存焉尔。"

⑳ 厨：柜子。

㉑ 露才扬己：表露才能，展示自己。汉班固《离骚序》："今若屈原，露才扬己，竞乎危国群小之间，以离谗贼。"

㉒ 伦纪：伦常纲纪。

㉓ 侍从：在宋代，诸殿阁学士、直学士、待制与翰林学士、给事中、六部尚书、侍郎皆为侍从官。刘弥正官至吏部侍郎，故称。

㉔ 牧守：州官称牧，郡官称守。"牧守"指州郡的长官。

㉕ 描画：夸张地叙述。

㉖ 超摇：高远的样子。

㉗ 物议：众人的议论。

㉘ 翕（xī）然：一致的样子。

㉙ 非惟：不仅。

㉚ 精善：精美良好。

㉛ 汤公伯纪：宋人汤汉，字伯纪，号东涧，饶州安仁（今属江西）人。淳祐四年（1244）进士，累官权工部侍郎兼侍读。卒谥文清。

㉜ 林公肃翁：即林希逸，其生平事迹见《藏庵后记》注释①。

㉝ 五凤楼：古楼名。唐朝和后梁在洛阳皆建有五凤楼。宋曾慥《类说》："韩浦、韩泊咸有词学。泊尝轻浦，语人曰：'吾兄为文，譬如绳枢草舍，聊庇风雨。予之为文，如造五凤楼手。'"后世便以造五凤楼之手比喻文章巨匠。

㉞ 禁近：翰林院官署在禁中，与皇帝所居之处相近，故称。因刘克庄晚年曾任工部尚书兼侍读，故称。

㉟ 迫：逼近。

㊱ 不余待：即"不待余"。

㊲ 丙午：淳祐六年（1246），是年刘克庄六十岁。

㊳ 丧魏国：淳祐八年（1248）十月，刘克庄母亲魏国夫人林氏卒，年八十八。

㊴ 三季：指自己的三个弟弟，弟刘克逊卒于淳祐六年（1246）十二月，年五十八。宝祐二年（1254）五月，仲弟刘克刚卒于惠州任上，年五十六。季弟刘克永卒于景定三年（1262）闰九月，年五十六。

㊵ 伯姊：宝祐四年（1256）十一月，伯姊卒，刘克庄曾作

《哭伯姊》。

㊶ 开禧丁卯：指南宋开禧三年（1207），是年刘克庄二十一岁。

㊷ 锓梓：刻板印刷。书板多用梓木，故称。

㊸ 仪、衍：战国时期纵横家张仪、公孙衍。

㊹ 宝璐：美玉。屈原《九章·涉江》："被明月兮佩宝璐。"

㊺ 韦布：韦带布衣，古指未仕者或平民所穿的服装，后来代指没有官职在身的寒素之士。


## ｜赏读｜

本文是后村在景定三年（1262）为其三弟刘克永所作的墓志铭。作此文时，后村已七十六岁高龄。这一年，后村除权工部尚书，升兼侍读，但是当时的他身体每况愈下，便以年老多病为由提出辞官，然未被允许。直到九月方能告老归家，十月回到家乡莆田时，刘克永已去世多日。

淳祐六年至景定三年的十多年间，后村的母亲和三个弟弟相继离世。不仅如此，后村季父刘弥邵，从祖弟刘希深，妻兄林公遇，妻从兄林公奕，妹夫方采、伯姊，继室陈氏等至亲均相继离世。在这一连串的沉痛打击下，后村本就年老多病的身体更加孱弱。景定五年（1264），刘克庄因眼疾离职。

由《刻褚诗序》可知，刘克永出生之时，后村已二十一岁。可以说，除了母亲林氏对刘克永的教导之外，后村在其成长过程中发挥了举足轻重的作用。尤其是在文学方面，后村可谓是刘克永的引路人。刘克永对后村不离不弃，对母亲更是近身陪侍。从感情上讲，后村之于克永是亲人之间温情的守候。就理性来说，刘克永的"尤厚伦纪"，是宋人极为重视的伦理观念，也是后村最为看重的人格品质。

在这篇墓志铭中，后村出于对刘氏家族人才凋零的叹惋悲痛，近乎"激进式"地向天发问，故与他所作的其他墓志铭相较，缺少了严谨理性的成分，迸发出的感情极为强烈。这正是"凡人矫饰于外无所不至，惟闺门亲族之间可以观真情焉"的最好注脚。